无人机侦探

〔日〕早坂吝 著
警部殿 译

人民文学出版社
PEOPLE'S LITERATURE PUBLISHING HOUSE

著作权合同登记:图字 01-2019-5592 号

图书在版编目(CIP)数据

无人机侦探/(日)早坂吝著;警部殿译. —北京:人民文学出版社,2021
(黑猫文库)
ISBN 978-7-02-015745-7
Ⅰ. ①无… Ⅱ. ①早… ②警… Ⅲ. ①长篇小说-日本-现代 Ⅳ. ①I313.45
中国版本图书馆 CIP 数据核字(2019)第 204073 号

责任编辑 **朱卫净 王皎娇 何王慧**
装帧设计 **汪佳诗**

出版发行 **人民文学出版社**
社　　址 **北京市朝内大街 166 号**
邮政编码 **100705**

印　　制 **山东新华印务有限公司**
经　　销 **全国新华书店等**

字　　数 **152 千字**
开　　本 **889×1194 毫米 1/32**
印　　张 **7.5**
版　　次 **2021 年 7 月北京第 1 版**
印　　次 **2021 年 7 月第 1 次印刷**

书　　号 **978-7-02-015745-7**
定　　价 **45.00 元**

如有印装质量问题,请与本社图书销售中心调换。电话:010－65233595

目录

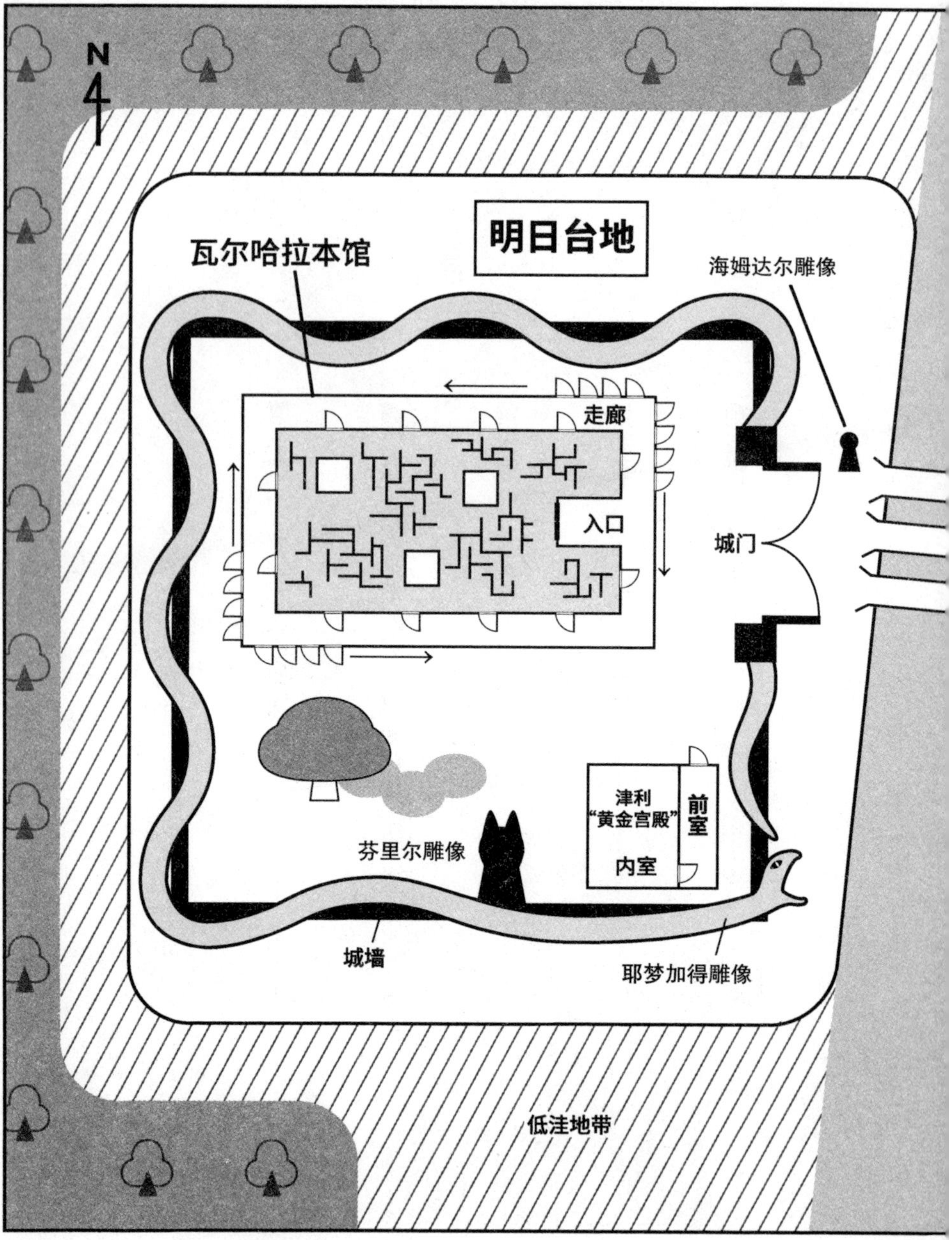
N
明日台地
瓦尔哈拉本馆
海姆达尔雕像
走廊
入口
城门
津利
“黄金宫殿”
内室
前室
芬里尔雕像
城墙
耶梦加得雕像
低洼地带

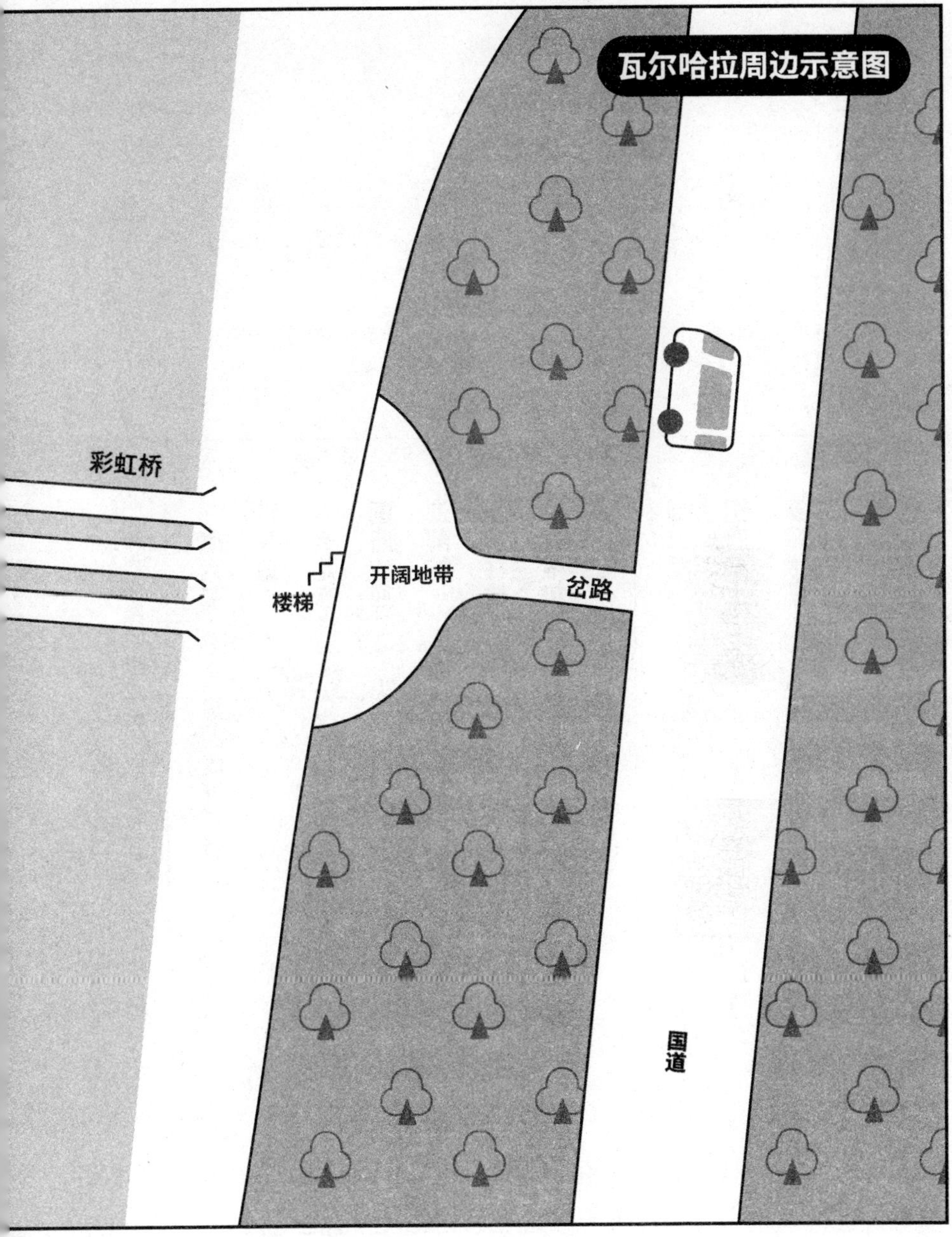
瓦尔哈拉周边示意图
彩虹桥
楼梯
开阔地带
岔路
国道

主要登场人物

北神大学探险部成员

飞鹰六骑……『黑羽的继承者』、无人机侦探

荒井透……大学二年级、部长、三豆村人

兵务足彦……大学二年级、副部长、三豆村人

国府玲亚……大学二年级

海部零……大学二年级

降续林檎……大学一年级

小樽猪知郎……大学一年级、探险部新人

御出院……出资建造『瓦尔哈拉』的资本家

国府乘土……玲亚的父亲、内阁官房长官

春采太阳……饰演黑羽刑警的男演员

给读者的挑战书

Drone——英文单词，通常表示昆虫里的雄蜂。

然而，对于现代人来说，提到这个英文单词，恐怕大多数人脑海里最先浮现出来的是另外的东西吧。

就是那种安装了数个螺旋桨叶，看起来多少有些奇特，一般被人称作无线遥控直升机的东西。

当然，也有意见表示 drone 在狭义上指的是“自动操作型无人机”，并不包括需要远程操纵的遥控直升机。然而，本书采用的则是“自动操作型或是远程操纵型的无人机”这一广义上的定义。现在，大部分新闻中，对于“无人机（drone）”的定义，也包含了遥控直升机，因此特作说明。

那么，原本表示“雄蜂”的单词 drone，究竟是什么时候成了表示“无人机”的单词的呢？关于这一点，众说纷纭。

有一种说法是，一九三五年，美国海军部长威廉·丹尼尔·莱希在检阅英国海军训练的时候，所使用的无线操纵式的无人机，其型号为“DH.82B Queen Bee（女王蜂）”。威廉在实际操纵后，便命令部下着手开发与之类似的无人机。无人机开发完毕后，为了致敬“女王蜂”，将新式的无人机命名为“雄蜂”。

另一种说法就单纯多了。螺旋桨转动发出的声响很像蜂扇动翅膀的声音，因此得名。

而在日本，drone 这一单词被大众所熟知，则是二〇一五年的事情了。当时发生了一系列事件：一名反对核武器的前自卫队成员，操纵装有放射性物质的无人机，将其落在首相官邸的屋顶；在 niconico 动画[①] 上进行直播的一名少年放出预告：自己将于浅草三社祭操纵无人机进行拍摄。之后他被警察以妨碍公务罪[②] 逮捕。经过这起事件，日本人开始对无人机有了不好的印象。

然而，事情都有两面性，我们也不应该只看到消极的一面。在科技迅猛发展的今天，由无人机所展开的新型商业模式都提上了日程。例如，利用无人机进行送货上门业务，或者是通过无人机进行警备工作，不仅如此，在进行灾害调查的时候，无人机也能派上用场。

又或者说，在推理小说里面……

在本书中，有一个使用最先进的科学技术——无人机（drone）完成的诡计。诸位能否找出并破解暗藏在本书中的诡计，便是我献给诸位的挑战书。

总有人说“推理小说的诡计已经山穷水尽了”，我并不赞同这类意见。

其中一个理由是，在科学技术日新月异的现代社会，会有源源不绝的新点子提供给推理小说，作为滋养其茁壮生长的养分。只要挥动机械的翅膀，就会诞生出数百个新的诡计。

另一个理由则是人类的思维不受任何限制，是完全自由的。

---

① niconico动画是日本的在线弹幕视频分享网站。

② 妨碍公务罪指以暴力、威胁方式阻碍国家机关工作人员依法执行职务的行为。

挥动想象力的翅膀，则能够想出无数新的诡计。

诸位如果不想被骗，就尝试着挥动想象力的翅膀吧。

早坂吝

第一章　并非无人机侦探

盛夏的阳光炙烤着大地。这是一条四车道宽的公路，一辆摩托车正在车道上逆行。摩托车巧妙地穿过了迎面而来的车辆间的缝隙。被他甩开的车辆就没这么走运了。司机想要避开摩托车，于是猛打方向盘，结果都撞到了一块儿。摩托车的背后已经变成了重大事故的现场。

迎面而来一辆重型卡车。一阵刺耳的鸣笛声响起。

戴着头盔的男子不快地咋了咋舌，驾驶着摩托车进入了卡车和中央隔离带之间的空隙中。紧接着，巨大的卡车擦肩而过。男子一时间陷入了濒临死亡的奇妙感受中。

“不要命了吗，蠢货？”

男子回过头看到司机正从车窗探出身子，往这边破口大骂。

（你才是蠢货吧！）

男子从骑行服中掏出手枪，毫不犹豫地扣动了扳机。一声巨响后，卡车司机的额头上喷出了鲜血。男子头也不回地转过身去。

他现在非常烦躁。而他的烦躁是有原因的。

（可恶，计划是怎么暴露的！）

就在不久前，这名男子造访了一家银行。当然，他可没打算用合法的方式把钱弄到手。然而，令他没有想到的是，警察早就埋伏在那里了。男子用手枪击中一名刑警后，趁乱逃了出去。虽然有大量的便衣警车追逐在男子身后，但男子利用摩托车的优势，熟练地在如同迷宫一般的小路里来回穿梭，交通规则也完全不放在眼里，这无形中加大了警方的追捕难度。

男子环顾四周，已经看不到警方的车辆了。他确信警方已经放弃了对自己的追捕。

然而，在男子无法想象的地方，还有另外一个人在追踪、监视着他。

对此一无所知的男子，此时还在考虑该不该抛下摩托车改为步行。他在前方发现了一条适合逃跑的岔路，便驾驶着摩托车驶上了人行道。推着购物车的行人们看到疾驰而来的摩托车，纷纷惊慌倒地，而男子头也不回地驶入了岔路。

进入了狭长的岔路后，周围突然变得安静下来。而男子也第一次注意到了那个奇怪的声音。

……嗡嗡嗡……

像是蜂的声音。

……嗡嗡嗡……

声音逐渐靠近。男子看向四周。

突然，某个东西出现在了男子的左侧。

那并不是蜂，而是个更加庞大的黑色物体。

猛地一看，像是一只飞在天上的怪鸟。然而并非如此。

是某种机器。有着十字飞镖一样的外形，在十字的四个顶端都装着一副螺旋桨。

无人机。

当这个单词浮现在男子脑海中的时候，他立刻理解了自己目前的处境。

（我懂了，原来是传闻中的“那个”坏了我的好事！）

“十字飞镖”正中有一只眼睛，正冷冰冰地注视着男子。想必是无人机的摄像头吧。

男子再次掏出手枪，对着无人机开了一枪。

无人机平行移动，敏捷地避开了子弹，进一步缩短了和男子之间的距离。高速旋转的桨叶就要逼近男子的眼前……

（有危险！）

男子下意识地转动车把。摩托车在十字路口向右急转弯。

无人机在空中灵活地转了个弯，一直贴在男子的左侧。

（敢瞧不起我！）

男子恼羞成怒，对着无人机疯狂地扣动扳机，直到子弹用尽。而无人机也用上升动作躲避着子弹。接着顺势飞过了男子的头顶，来到了他身体右侧。来到男子身体右侧后，无人机仍然不断地靠近男子的身体。男子只得慌不择路地在前方的丁字路口紧急左转。

左转后，原本紧紧贴着男子的无人机突然放弃了紧贴的动作，而是在高空远远地跟在男子的身后。男子有些惊讶，继续疾驰在住宅街的小路上。再继续转过几个弯后，男子终于意识到了其中缘由。

这是条死胡同。

男子用力捏住刹车，熟练地调转了车头。无人机仍然停在最后一个拐角处的半空，用那双无机质的“眼睛”冷冰冰地看着男子。

（没想到被这玩意儿逼到死胡同来了！）

男子脱下头盔后，用手套擦了擦脸上的汗水。周围的房屋挡住了头顶的烈日，令男子感到一丝凉意。

远处传来警笛声。很可能是警方已经从无人机那里得到了自己的位置情报，正在向自己这里集结吧。原路返回恐怕已经来不及了。

然而，还有希望。死胡同的尽头，有一名少年正在玩皮球。少年看到突然出现的两个不速之客——特别是无人机，不自觉地停下了踢球的动作。

男子当即决定把少年当作人质，强行突破警方的封锁线。

他扔掉子弹用尽的手枪，从口袋里掏出了一把蝴蝶刀。看到男子手上的东西后，少年终于意识到了眼前所发生的一切，脸上浮现出了惊恐的表情。这无疑更激发了男子残忍的本性。

“好了好了，小朋友。别一个人踢球啦，怪无聊的，和我一起玩吧！”

男子一面挥动着手中的小刀，一面缓缓地靠近少年。

说时迟，那时快……

“住手！”

头顶传来了声音。

男子抬头望去——愣住了。

头顶上，除了那架一直在追逐他的无人机外，在更上方十余米处，还有另外一架黑色的无人机。黑色无人机比一直跟在他身后的那架无人机更大，机身上有六副螺旋桨。如果把刚开始出现的那架无人机比作“鸟”的话，那么这架无人机就是“大乌鸦”了。

然而，真正引起男子注意的并非黑色无人机的机身大小。

而是机体下方所出现的人影。

有个人正用手抓着空中飞行的无人机。

男子没有任何关于无人机方面的知识。这样怪异的光景出现在眼前的时候，他受到了极大的冲击。

那个神秘人物放开了抓住无人机的双手。无人机仍停留在原地，而神秘人物则从天而降，落在了男子和少年之间。

这个神秘人物，正是如今媒体和新闻大肆报道的无人机侦探——飞鹰六骑。

虽然时值盛夏，但六骑仍然裹着一件黑色的外套。宛如猛禽类一般锐利的双眼正紧紧地盯着男子。

然而，在男子眼中，这位“无人机侦探”没有任何威慑力。

因为六骑实在是太矮了，和男子计划当作人质的那名少年差不多高。

身高一米三，体重三十千克——这是小学四年级学生的平均身高和体重。

当然，飞鹰六骑并不是小孩子。虽然他在法律上尚未成年，但在条例上已经并非青少年——他今年十九岁①。

不知为何，他从小就发育不良。也拜自己的身高体重所赐，

① 日本法定成年人是二十岁。

最大载重量三十千克的大型无人机才能够拖得动他。

操纵无人机在市内飞行，需要国土交通大臣下达的许可文件。但就六骑至今为止的成绩来看，在业界范围内，他也是少数几个不需要申请就能操纵无人机在市内飞行的侦探。

六骑右手拿着无人机的遥控器。经过他的改造后，他可以单手同时操纵六架无人机。他通过手中的遥控器，先是用“鸟”把男子驱赶至死胡同，再乘坐“大乌鸦”亲自赶往现场。

这些情报，曾经在电视上看过飞鹰六骑个人特别节目的男子已经事先有所了解了。

“哼，你就是传说中的那位无人机侦探咯？”

“别叫我那个名字……”六骑以出乎意料的低沉嗓音说道，“叫我‘黑羽的继承者’……”

“黑羽？那是什么？”

虽然不知道是什么原因，六骑好像并不满意别人称呼他为“无人机侦探”。

“我没有必要给你这种人解释。更何况，你应该有其他的事情想问我才对。例如，我是怎么看破你的计划的……”

的确，男子很想知道自己计划暴露的原因，但他现在可没那闲工夫。

然而，六骑并不给他回应的时间，自顾自地开始解释了起来。

“一周前，你去银行踩点，当时我刚好也在那家银行。你采取的行动十分可疑，所以……”

“抱歉，接下来的话你留到天国再说吧！”

男子粗暴地打断了六骑刚说到一半的话，端起小刀，朝六骑冲了过去。

*

“真蠢……”

飞鹰六骑左手从口袋里掏出了一架大小类似于“雏鸟”的无人机。这架小型无人机左半边是黑色的，右半边则是白色的。

他用左手按下机身上的开关后，小型无人机的四副螺旋桨同时转动起来，变成了一枚小小的盾牌。他架起盾牌把男子手中的小刀弹飞了。

“啊！”

手指被螺旋桨划伤，男子因为疼痛而喊出声来。六骑趁机操纵右手的遥控器，在小巷路口半空待机的“鸟”朝这里迅速飞了过来，吊在下方的沙袋准确地命中了男子的后脑勺。

男子受到重击后，立刻就翻了白眼，倒在地上。

“在瓦尔哈拉①里等着我吧。我随后就到……”

六骑静静地闭上眼睛，心中暗念道。身后传来了兴奋的叫喊声。

“好……好厉害！帅呆了！”

他转过头去，被他救下的少年眼中正闪烁着崇拜的光芒。六

---

① 瓦尔哈拉神殿，英灵殿。用以纪念著名历史人物的新古典主义建筑，位于德国巴伐利亚州，德语Walhalla意为“死者殿堂”。

骑脸上的表情稍微舒缓了一些。

“没受伤吧？”

“嗯，没事！对了，你是哪所学校的呀？”

“我不是学生。”

六骑这句话原本的意思是指自己“并非大学生”，而眼前的少年会错意，有些惊讶地说：

“咦？难道你还在上幼儿园？明明比我年纪还小竟然这么厉害！”

“不是这样的，其实我……”

六骑正准备反驳，声音就被随之而来的警笛声盖过了。

警车在路口停了下来，车门打开，两名年轻的警官迅速地赶到了两人身边。其中一名警官蹲下身子，看着六骑的眼睛，有些担心地开口说道：

“小朋友，让你受惊了吧……但是，已经安全了。”

“哼，怎么每个人都是这副德性！我是‘黑羽的继承者’……”

警官看着眼前的“小朋友”，一副摸不着头脑的表情。

六骑迫不得已，只得自报家门，把自己最具知名度的称号告诉了对方。

“我是无人机侦探……”

“咦？就是你？”警官慌慌张张地改口说道，“感……感谢您的协助！”

“那个倒在地上的男人就是犯人，这个家伙是我救下的少年，接下来就交给你们了。”

六骑把“雏鸟”装回口袋，操纵着在上空待机的“大乌鸦”降了下来。他抓住“大乌鸦”之后，又操纵其重新飞了起来。只留下目瞪口呆的警官和小孩在原地，六骑迅速地飞离现场。

“抱歉呐，海拉，是我使用方式太粗暴了。没受伤吧？”

六骑在住宅街的上空飞行。他掏出口袋里的“雏鸟”，有些心疼地查探情况。接下来，他的脑海里就传来了一阵少女清脆的声音。

（你平时不是一直这么用的吗？我都习惯了！）

“哈哈哈，真严厉呀……”

（比起我的情况，你的腿现在怎么样了？）

“啊？哦……”

（“哦”算什么回答呀！刚才落地之后就开始疼了，不是吗？）

“嗯……”

（你从那种高度跳下来，不是看到小孩遇到危险了，而是联想到你自己了吧？真是乱来！）

“我在工作中从不掺杂私情。就算是成年人有危险，我也会毫不犹豫地跳下去。”

（哦，是吗？总之，还是去医院看看为妙吧。）

“我不要紧。”

然而两腿的疼痛不见减轻，反而有越来越严重的趋势。

（你看，我刚刚说什么来着？）

“真啰嗦，我只要稍微休息一下就恢复了。”

六骑乘着“大乌鸦”在草木丛生的神社背后紧急降落，无人机的机翼声和周围的蝉鸣合奏出奇妙的乐章。他关上无人机的电源，周围顿时变成了蝉鸣的独奏。

六骑靠在神社的墙壁上，以两腿伸直的姿态坐了下来，身上依然穿着他那件标志性的黑色大衣。

这片树荫用来休息正合适。不过，六骑立刻就发现了一个问题。

“有点麻烦呐……”

（怎么了？）

“这里属于北大学生的活动范围，要是被他们看见我这副模样……”

“北大”，当然并不是我们熟悉的“北京大学”或是“北海道大学”，而是东京都立北神大学的简称。六骑在高中毕业后，虽然并没有上大学，不过在北神大学里倒是有几位熟人……

（没事的吧。已经下午一点多了，该上课了吧？）

“你太天真了，大学生是没有时间这个概念的。”

六骑的担心转眼间就成了现实。

林荫小道的转角处，喧闹的蝉鸣声中，依稀传来耳熟的女声。对方正用字正腔圆的法语说着“noblesse oblige①”之类的话。

“好烦啊，怎么偏偏是玲亚！最不想见到的人就是她了……”

（你在说什么呀？她不是同伴吗？）

“不懂黑羽思想的家伙才不是我的同伴！”

---

① 法语，意为“高贵伴随着责任”。

（说起来，你借助飞行的那架大型无人机还是她给你买的呢。就像北欧神话里，洛基借助芙蕾雅的苍鹭之羽才能够飞行一样……）

“那是两码事好吗？总之海拉，你就老老实实地待在我口袋里吧！千万别说话哦！”

（知道啦。）

不久，三人便出现在六骑的面前。

“哎呀，这不是小六吗？你在这里做什么？”

国府玲亚挑起她月牙一般的眉毛，露出了好奇的表情。她有一副倾国倾城的长相，穿着更是好似贵族子女。据说她的父亲是一名资本家，不过具体在做什么，六骑并没有听说。

玲亚身边跟着两名青年。其中一人名叫海部零，是个稳重帅气的青年。他是玲亚的青梅竹马。不知为何，他总像忠诚的仆人一般跟在玲亚的身后。

玲亚和零是北神大学的大二学生，两人都是探险部的成员。六骑虽然并不是北神大学的学生，但在机缘巧合之下，依然被看作探险部的一员。

另一个人从扮相上看，应该也是北神大学的学生，不过六骑此前从未见过。因为对方染着一头茶色的头发，还戴着耳钉，六骑立刻就把他归类为性格轻浮的人。

因为玲亚“小六”的称呼，六骑有些不大开心。

“……不是跟你说过很多次别叫我小六了嘛！”

“那就叫你小骑好啦！”

“住口！”

“我是开玩笑的啦，别生气呀！你在这里做什么？”

“……刚结束工作，在这里休息。”

“你又解决了一个事件吗？”

“嗯，刚才把银行的强盗给解决了。”

“真厉害呀！哦，对了，那是我买的那架无人机吗？这次派上用场了吗？”

“还行吧。话说你们这群人，怎么这个时间出现在这里？现在不是应该在上课吗？”

“我们逃课了，我打算带探险部的新成员去卡拉 OK 唱歌。”

“探险部的新成员？”

“对，这位是一年级的小樽猪知郎！”

玲亚指向身后的那名茶发青年。虽然从时间上来说，现在新人加入有些不合时宜，不过也没人规定，新成员一定要在四月份[①]加入。

“我是飞鹰六骑。虽然不是北大的学生，但也算是探险部的一员。请多指教。”

六骑坐在地上，向陌生的青年打招呼。

“我是小樽猪知郎，还请多多指教。请问，难道你是电视上那位有名的无人机侦探吗？”

听到这个让他不太情愿承认的称呼，六骑立刻以自己一直以

① 日本学校新学期开学的时间一般是在每年的四月份。

来坚持的称号纠正对方。

“那只是世俗对我的称呼而已。我是这么称呼自己的——‘黑羽的继承者’！”

“黑羽？”

“是一位伟大的刑警的名字……”

“六骑同学这种名侦探都这么说，想必‘黑羽’一定是位了不起的刑警吧！”

“六骑同学”。虽然对方刚见面就自来熟地直呼六骑的名字，不过这貌似也是因为探险部为了加深成员之间关系的规定——成员之间互相称呼的时候必须去掉姓氏，只保留名字。

“如果是‘继承者’，那位黑羽刑警应该已经退休了吧？”

“已经去世了……”

“啊……”

猪知郎表情有些窘迫，仿佛是问了什么不该问的问题。

玲亚一脸无语地向猪知郎解释起来。

“没必要把他的话当真哦，那只是电视剧里的剧情而已。”

“咦？电视剧？”

“过去好像有部叫《黑羽刑警》的电视剧。主人公是个自称能与鸟类对话的刑警，也太胡闹了吧……”

“黑羽刑警才不是瞎胡闹！他是真正的男人！”

“唉，不过也有一部分像他这样狂热的信徒。因此他就模仿黑羽刑警的样子，在外面套了一件黑色大衣，把无人机当成鸟类跟它们对话……”

六骑涨红了脸反驳道：

“我才没跟它们说过话呢！”

“明明就说过话吧？你一直揣在口袋里的那架黑白无人机，你不是还给它取名叫‘海拉’吗？”

“唔……”

一直保守的秘密被对方泄露，六骑因屈辱而浑身颤抖。

玲亚漫不经心地将六骑最致命的秘密脱口而出，随后还若无其事地转换了话题。

“要不你也跟我们一起去卡拉OK吧？虽然过几天会正式举办一场猪知郎的欢迎会，不过今天就当是提前祝贺，我请客。”

“不，刚才我也说过了，我来付钱就好。”猪知郎说道。

玲亚丝毫不予理睬。

“没关系。我和你们这些穷人不一样，爸爸给了我很多的零花钱。noblesse oblige。”

noblesse oblige。法语中表示“高贵之人伴随着强制的义务”。当然，也可以理解为特权阶级拥有与其地位相应的义务。例如，富裕人士理应经常捐款。而玲亚则特别喜欢把这句话挂在嘴边，然后向探险部的成员们施以恩惠。

“抱歉，我就不去了。”

六骑说道。他本身就不擅长唱歌，更别说现在双腿疼痛难忍。

“咦……为什么呀？一起去嘛！哦，对了，你不会是因为之前没有《黑羽刑警》的主题曲而耿耿于怀吧？放心好了，这次我会选一台有这首歌的点唱机。”

玲亚一边劝说，一边走近六骑。紧接着，她便注意到六骑的异常情况。

“你怎么了，流了这么多汗。身体没事吧？”

“别担心，只是有点热而已。”

“你穿着那件大衣怎么会不热？赶快脱掉吧！”

玲亚走上前去，想要拽下他的大衣，六骑则拼命地抵抗。

“这可是黑羽的象征！我可不能脱掉！”

“要是中暑了怎么办？因为《黑羽刑警》的故事背景在冬天，所以才会穿厚大衣的！”

“不，夏天也穿了！大衣里面藏了很多鸟——用来逮捕犯人的。”

“肯定是在冬天拍的啦！”

两人互不相让，拉扯在一块。突然，旁边传来了冷静的声音。

“你难不成是腿受伤了？”

两人突然停下动作，看向声音的来源。是刚才一直沉默不语、静观事态发展的零。

“你怎么知道的？”

因为懊恼，六骑的声音有些颤抖。对他来说，被人看穿弱点是最大的耻辱。

“因为你刚才一直把腿伸直，所以我就觉得有点奇怪……”

“好吧，你猜对了。为了抓犯人，我从高处跳下去的时候受伤了。不过不用担心……”

“你怎么不早点说呀！”玲亚转过身去，以一种不容置疑的语气发号施令："零，快叫救护车！"

零一言不发地点点头，掏出了手机。

"真是的！你怎么总是爱乱来呢？"

玲亚用带有一丝责备的语气说道。她拿出手帕，仔细地擦拭六骑额头的汗水。六骑静静地闭上眼睛，没有任何反抗。

（不是很棒的同伴吗？）

他听到口袋里海拉的轻笑。

不久，救护车便赶到了。除了六骑之外，另外三人也一同前往医院。

在医院接受了仔细的检查后，医生的诊断是——六骑的两腿骨折，痊愈需要三个月。

*

《黑羽刑警》是八年前电视台播出的电视剧，工作日晚上八点左右播出。虽然这部电视剧的观众层并非儿童，不过对于单亲家庭、母亲晚上在工厂上夜班的六骑来说，这是排遣寂寞的唯一方法。

因为主人公黑羽刑警喜欢自我表现，所以被其他刑警疏远。不过，事实上他总是单独行动是有原因的——他可以和各种鸟类进行对话。他总是利用大街小巷的鸟类收集情报，处理事件。

正如玲亚所评价的那样，《黑羽刑警》并非一般传统意义上的刑警剧，而更像是《西部警察》[1]这种主打夸张元素的电视剧。特别是黑羽刑警乘着绑在一起的几百只鸟飞在空中的场面，直到现在还是人们的笑柄。不过对于年幼孤独的六骑来说，黑羽刑警是他心目中真正的英雄。

是黑羽刑警拯救了他。

受到黑羽刑警熏陶的他，理所当然，一直以成为一名刑警为目标。

然而，在他面前，有一堵名为现实的高墙。

他无法和鸟类对话——他当然清楚，对于人类来说，这件事是绝对不可能做到的。

摆在他眼前的问题显然要更实际。不知为何，六骑读小学时，身体就停止了生长发育，一直维持一米三的身高和三十千克的体重。

众所周知，日本在录取警察时，对身高和体重有限制。和罪犯进行对峙的时候，必须拥有一定程度的体格。比方说，警察局规定，在录取男性警察的时候，基本要求身高一米六以上，体重四十八千克以上。

当然，不能忽略“基本”这个字眼。这个词语也就意味着，在以选取优秀的人才为前提下，并不一定非要按照这一基本要求不可。从这一点上，六骑看到了一缕希望的曙光。

因为六骑并不打算参加高考，所以他在高三就参加了警察学

---

① 《西部警察》是日本一九七九年的电视剧，主演是石原裕次郎、渡哲也等。

校的考试。

笔试顺利通过，接下来终于到了面试的日子……

六骑为面试做好了充分的准备。当然，他并没有穿平时爱穿的黑色大衣，而是穿了量身定做的西装。然而效果并没有他想象中的那么好——接待处的一名年轻女性看到他后如是说：

“怎么了，小朋友，迷路了吗？”

“我是六百六十六号考生，我叫飞鹰六骑。”

“咦？真……真是太失礼了！”

面试开始了。

包括刚刚接待处的那名年轻女性在内，面试官一共三名。还有一名头顶微秃的中老年男性，一名不苟言笑、身材壮硕的中年男性。只有那名中年男性散发着刑警特有的威慑感——事实也正是如此，其他两名是负责人事的警察，而中年男性则是在职刑警。因为现场经验丰富，所以作为特别面试官被特地喊来。

六骑仿佛军人一般干脆麻利地走了进来。不过，三名面试官脸上却挂着一副哭笑不得的表情。那名中老年面试官的脸上浮现出一丝困惑的笑容。

“你是飞鹰同学对吧？你读过我们的招生简章了吗？”

“读过了！”

六骑挺胸抬头。

“那么你总该知道，我们对身高是有基本要求的吧？”

“是的，可是简章里也写了‘基本’的字样。”

中老年面试官露出了苦笑。

“可是你应该没法划分在‘基本’这个范围里吧？”

“请恕我直言，只要有能够压制罪犯的力量就行了，对吧？”

“可是你怎么证明，自己有这种力量呢？”

“我可以打败您旁边的那名大个子的男性。”

六骑看向中年刑警，一副自信满满的表情。

“喂，我劝你适可而止哦！”

中年刑警低沉的声音中气十足，整个房间仿佛都被震得抖动起来。中老年面试官有些愉快地笑了起来。

“听起来挺有趣的。让他试试也未尝不可。”

“可是……”

中老年面试官对着中年刑警耳语道：

“如果真的能打败你，也算是难得的人才了。这样的人没理由不录取。”

“……我明白了。”

中年刑警不情愿地点点头，看向了六骑。

“虽说是你挑战我，可也不是什么小混混打架。要有明确的规则才行。”

“请您来定吧，我什么都可以接受。”

“哼，看来你还真是把握十足啊。既然这样的话，那就用柔道来定胜负吧。事先说清楚，我可是黑带。”

“呵，黑色正是我的主色调。”

听到六骑高傲的台词，三名面试官不禁瞠目结舌。

他兴致勃勃地把椅子搬到墙边，腾出足够的空间。

就这样，史无前例的特殊实战面试拉开了序幕……

六骑踮着脚轻跳，露出了一副目中无人的表情。

“请出手吧。”

“哼，要是受伤了可别抱怨哦……嘿！”

身高超过一米八的壮硕男子朝着六骑猛冲了过去。这情景，就好像重型卡车向着儿童三轮车冲锋一般。

而结果更是让人大跌眼镜。

中老年面试官和年轻的女面试官都不由自主地轻声叫了出来。

“哎呀，怎么……”

“不会吧……”

之前明明夸下海口，但此时的六骑轻易地被对方按倒在地面上。

现场的气氛顿时有些尴尬。从现在的情况看，仿佛一个成年人对一个手无缚鸡之力的儿童下了狠手一般。

中老年面试官清了清嗓子，用老贤者顿悟一般的语气说道：“这样一来你也明白了吧？体格的差距是无法逾越的鸿沟。”

“等……等一等！请再给我一次机会……”

“面对真正的罪犯时，你也打算说这句话吗？”

“唔……”

六骑无言以对。其实他自己心里很清楚，就算再给他一次机会，他也绝对战胜不了眼前的中年男性，双方的实力实在是太悬殊了。

看着眼前逐渐消沉的六骑，中年刑警有些不太忍心，鼓励道：

“哎，看开点。人毕竟都有自己擅长和不擅长的事情。即使当不了警察，肯定也有适合你的工作。”

“那可不行！我必须当警察！我曾经对黑羽发过誓：‘我会继承你的名号，铲除所有的罪犯！’”

三名面试官都没听说过黑羽刑警，因此六骑的独白也没能触动他们。

女性面试官一副怯生生的样子说道：

“虽然……我不是太了解，但只是逮捕罪犯的话，好像侦探也可以……”

“我们作为警察，说这种话不太好吧……”中老年面试官责备道，“侦探最多不过是‘侦探’，是没有搜查权限的。”

“啊，对不起。可是这个孩子……不对，飞鹰同学看起来很可怜。然后我就联想到推理小说里经常提到侦探帮助警方破解疑难事件的桥段……”

中年刑警挠了挠头，有些为难地说道：

“我平时绝对不会说这种话，不过今天为了你就特别透露一下吧……推理小说里那样的名侦探确实存在，不过那些人都是万里挑一的天才。他们不仅拥有极为出众的‘推理能力’，还拥有某种能够为搜查提供帮助的、独一无二的‘武器’。你呢？这两样东西你拥有哪样？”

侦探。

至今为止，六骑从未考虑过这一职业。

的确，对于六骑来说，继承黑羽的意志比任何事情都重要。电视剧里的黑羽刑警大多单独行动，而且现实中，自己若成为警察的话，反倒会成为自己的枷锁，很多事身不由己。所以，对他来说，并非一定要成为警察。

然而，要想成为能够逮捕罪犯的名侦探，需要拥有“推理能力”和“武器”。

（现在的我，什么也没有……）

离开会场、踏上归途的时候，六骑在心中暗想。

他走在河川旁的水坝上。

嗡嗡嗡嗡……

突然，他听见一阵好似蜂拍动翅膀的声音。

循声望去，一只巨大的乌鸦正在自己的斜上方、河滩的上空盘旋……不，那是一架无人机。六副螺旋桨呈放射状分别在机体周围，从机体中心到螺旋桨的距离大约有一点五米，是一架大型无人机。

他向下俯瞰河滩，两个年轻人正跟在无人机的后面走着。其中一人手中拿着一个类似遥控器的物体。看样子，他就是上空那架巨大的无人机的操纵者。

六骑远远地听见了两人的对话。

“不管怎么说，这也太大了吧！玲亚那个家伙，依旧喜欢铺张浪费啊。”

“别这么说，说起来还不是因为我们提出想要拍明年用来迎新的宣传片……”

“就算要拍宣传片也用不着买这么贵的东西吧？这架无人机的最大载重是三十千克，可我们也没有这么高级的摄像机呀。”

（三十千克吗？连我都可以抓着它飞起来了！）

六骑有些自嘲地撇了撇嘴巴。

三秒后，仿佛手遭到雷击一般，他定在了原地。他再次回味着自己刚刚闪过的念头。

（我可以抓着它……飞起来？！）

六骑再度望向无人机。果然，无人机看起来像一只大鸟。他脑海中闪现出黑羽刑警乘着几百只鸟在空中飞的场景。

（借助无人机飞行的侦探……可以在路线复杂的大街小巷追击犯人的踪迹……独一无二的“武器”）

行得通！

然而自己的想法是否真正可行，还需要亲自试验才行。

六骑下意识地跑了出去。借着冲刺的速度，他从水坝的边缘起跳，朝着半空中的无人机冲了过去，牢牢地抓住无人机下方两根支撑杆中的一根……

瞬间，无人机剧烈地摇晃了起来。

（要掉下去了！？）

胃部猛地抽搐了一下。他立刻伸出一只手，抓住了无人机下方的另一根支撑杆。大概是因为恢复了平衡，无人机并没有往下坠，而是继续飞在空中。

（飞起来了……真的飞起来了！就像黑羽刑警那样！）

“成功了！成功了！”

六骑感受着风吹过肌肤的凉爽，不由自主地高喊道。

就在这时，无人机开始缓缓降落。果然行不通吗……六骑一瞬间有些失望。不过紧接着就听到身后传来青年人的叱责声，原来是他们操控遥控器让无人机降落了。

六骑在河滩顺利落地后，立刻转过身去。

“喂……你在做什么呀！太危险了吧！”

朝自己跑来的两名青年，其中一人像刚才面试的刑警一般，是名大块头的男性。不仅个子高，而且全身都很壮硕。

另一名男子戴着一副细边的眼镜，虽然不像六骑这样夸张，但在同龄人中身材也算较为矮小。

“对不起。”

听到对方用低沉的声音道歉，两人顿时有些不知所措，因为他们都以为六骑还是个小孩。

六骑不失时机地问道：

“这架无人机，大概需要多少钱？”

“嗯……大概三十万日元左右吧？”

“这么贵吗？！”

六骑愕然。对于来自单亲家庭、并不富裕的六骑来说，三十万日元实在是一笔巨款。虽然自己只需要认认真真地打两三个月的工就买得起，但也算得上是自己不能随随便便购买的奢侈品。

如果买下以后发现不好用该怎么办？虽然刚才的实验成功了，但是否能够保持长时间的飞行还需观望。而且在载人的状态下是否有足够的速度追击驾车逃逸的犯人也是个问题。购入之前有很多地方需要进一步实验。

于是，六骑仔细想了想，询问道：

“我有个不情之请，能不能把这架无人机借我一周……不，三天就行了！”

两名青年面面相觑。

大块头的男青年看向六骑。

“就算你突然这么请求，我们也没个头绪。但是从你的态度来看，你应该很需要这个东西吧？如果方便的话，不如先把理由告诉我们怎么样？”

六骑有些犹豫。这实在算不上是什么正常的理由，搞不好还会被人指着鼻子嘲笑。

不过两名青年的表情十分严肃，似乎并没有把六骑当一个小孩。

他们说不定能理解自己的苦衷……六骑抱着这种想法，说起了自己的故事。

六骑刚说完自己的经历，大块头的男青年就张口说道：

“有意思！你的点子真的太有意思了！”

“不，还是别这么做比较好……”

眼镜青年出言阻止。

不过，接下来又继续说了起来：

“平时的我会这么说。不过这次我也同意你的计划，其实我也是《黑羽刑警》的粉丝。”

“什么？真的吗？”

六骑先是震惊，而后喜悦之情便涌上心头。至今为止，周围没人理解自己对于《黑羽刑警》的执着。

然而，喜悦之情立刻就被不安所替代。至于原因，则是因为网络上有很多以嘲笑《黑羽刑警》为乐的“黑粉”。有很多人只通过违法上传到视频网站的《黑羽刑警》中黑羽刑警借助群鸟在空中飞翔的场景片段，就留下诸如“给我笑死了”“大草原不可避”①之类的评论。眼前这名眼镜青年说不定也是其中的一员。

于是，六骑决定试探一下对方。

“如果我是堂吉诃德的话……”

“那你连我前进路上的风车都不如！”眼镜青年立刻回答，接着又立刻补充道，“这是第六集里的台词，太帅了！”

（哼哼哼，有一套嘛！既然如此……）

“诸神黄昏只不过是幻想罢了。因为……”

“对我们来说，每一天都是战争！对了，你知道吗？因为工作人员的失误，在拍摄最后一幕时，黑羽刑警穿的大衣与前几幕不同。”

六骑感动了，看来这名眼镜青年是真爱。

两人对视后，同时伸出了手，紧紧地握在了一起。

大块头青年有些无趣地说道：

---

① 都是网络用语，表示好笑的意思。

“《黑羽刑警》？哦，是你之前借给我 DVD 全集的那个吧？虽然里面的情节确实很搞笑，但似乎也没有你说的那么帅吧……”

两名信徒立刻朝他瞪去。大块头青年举起双手，无奈地改口道：

“好了好了，现在的话题不是《黑羽刑警》，而是无人机才对吧？你叫六骑对吧？我虽然能够理解你，但这架无人机是我们探险部的重要财产，没办法轻易借给探险部成员以外的人……”

“这样啊，你说的确实有道理……”

六骑失落地低下了头。

“喂，透……”

眼镜青年刚准备开口说些什么，立刻被大块头青年用手制止了。

“不过，我刚才也说了，不能借给‘探险部成员以外’的人。也就是说，六骑，只要你加入我们北神大学探险部就可以了！”

“原来如此，这个方法不错。而且有个能和我谈论《黑羽刑警》的成员加入，我也举双手赞成。”

眼镜青年也表示同意。然而六骑的脸色有些不好看。

“但是……我不是北神大学的学生……”

“这种小事不用在意！大学的社团是很随便的，即使是校外人士我们也很欢迎！”

“真的吗？！”

六骑的脸重新恢复了神采。

“没错。事不宜迟，我们先去跟‘公主’打招呼吧！”

两名青年分别介绍了自己。大块头青年名叫荒井透，眼镜青年名叫兵务足彦。

两人带着六骑来到了北神大学的校区。教学楼背面破旧的临时仓库中的一间就是探险部的活动室。

打开老旧的大门后，狭窄的房间里堆满了野营用的道具，正中间摆着一张桌子。一男一女坐在桌前。他们就是国府玲亚和海部零。

一见到六骑，玲亚就发出了尖叫。

“哎呀，这个小孩是哪儿来的？真可爱……你们在哪里找到这个正太[①]的？”

六骑有些惊慌。

“……我已经十八岁了。”

“咦？十八岁？！真厉害……”

玲亚笑得花枝乱颤。六骑感到了一阵耻辱。

“十八岁的话……那不就是合法正太了吗？”

玲亚好像要流出口水一般，朝六骑投去异样的眼神。六骑不由自主地往后退。

“请不要有什么奇怪的想法，大小姐。”

一旁的零开口提醒道。

“怎么啦？难道你吃醋了？”

玲亚打趣道。零不动声色地反驳道：

---

① 正太，指三至十四岁的未成年男孩。

“以我的身份，没有资格吃大小姐的醋。”

“哦，是吗……”

玲亚有些兴致索然，随即望向透和足彦的方向。

“这个孩子来这里有什么事吗？难道是新加入的成员？”

“没错，正是。”

透向玲亚解释了事情的原委。

“综上所述，能把这架无人机借给他吗？”

玲亚低头思索着，没有立刻回答。

会不会被拒绝呢——六骑有些不安。

然而，下个瞬间，玲亚却突然大笑道：

“哈哈哈！什么呀……抓着无人机飞行的侦探……太棒了！实在太有意思了！嗯嗯，可以呀，借给你好啦。只要能看到这么有趣的场景，我什么都能借给你哦！”

大学生这种生物，闲暇时间太多，为了排解无聊什么事情都干得出来——这便是六骑的第一印象。

此时探险部的成员除了六骑之外，还有四个人，分别是国府玲亚、海部零、荒井透和兵务足彦。当时的成员还都是大一新生，透是部长，而足彦是副部长。

事实上，探险部正是当年刚成立的社团。玲亚和零，以及透和足彦，这两对发小在语言学的课堂上认识，因为都热爱户外活动而志趣相投，一拍即合之下成立了探险部。刚成立的社团一般都会面临设备不全、资金不足等问题，但玲亚经常从父亲手里拿到大笔零花钱，以及她经常将“noblesse oblige”精神挂在嘴边，因此探险部反而运转得很顺利。

自那之后，六骑使用探险部的无人机进行了反复训练，终于可以在抓住无人机的状态下保持六十千米的飞行时速。接着，他就以侦探的身份出道了。虽然他的“推理能力”稍显稚嫩，不过因为他强有力的“武器”无人机的帮助，一跃成为侦探界的明星。接下来，他又用当侦探所得来的报酬置办了海拉等一系列的无人机。如今，六骑已经是日本少有的几位无人机专家之一。

接着，故事回到了现在……

*

飞鹰六骑躺在多人病房的床上，呼吸有些急促。

就在这时，病床周围的帘子被人猛地拉开，透出现在六骑的眼前。

“喂，六骑！看你上气不接下气的，没事吧？”

六骑慌忙解释道：“没……没事的。我身体不要紧。”

“要是哪里痛的话，我帮你叫护士吧！”

足彦也出现在透的身边。

“我不是说了不要紧吗？”

“哦，要是真没事的话就行……”

当然，因为骨折的缘故，六骑的双腿还有些疼痛。不过他呼吸急促其实另有原因。

犬式呼吸。模仿夏天犬类的呼吸方式，张开嘴快速地大口呼吸，以达到锻炼横膈膜、压低说话声音的效果。因为身材矮小而声音尖锐高亢这一点让六骑很不满意，所以他平时都会进行犬式呼吸的练习，以保持低沉的声音。当然，六骑并不希望这个秘密被人发现，所以一直隐瞒着。

在两腿骨折的诊断下达后，六骑便被送往了多人病房。六骑通过邮件将自己病房的位置告知了待在等候室里的玲亚他们。而在他们赶来病房之前，因为周围拉上了帘子，不用担心被人看见，于是他便偷偷地练习起了犬式呼吸。只不过，让他没有想到的是，透和足彦竟然没有打招呼就拉开了帘子——自己真是太大意了。

更让他意外的是，拉开帘子的人竟然不是跟他一同前往医院的三人组，而是本不应该在场的透和足彦。六骑质问道：

“话说回来，你们两人怎么会在这里？现在不应该在上课吗？”

“我们中途逃课了。”

透伸出了大拇指，颇有些自豪。

“同伴被救护车送往医院，我们哪有不来的道理？”

足彦满脸真诚地补充道。

“你们……”

六骑一时间竟无言以对。倒不是被感动了，而是因为两人把逃课说得理直气壮而目瞪口呆。

（少骗人了！明明只是拿我当逃课的幌子。这些家伙有事没事都擅自逃课——大学的课缺席这么多次真的没关系吗？果然，我没去上大学是正确的选择。）

“是我发消息通知他们的。”

玲亚走进了病房。

“上课的时候不要随便玩手机！”

玲亚身后跟着零和猪知郎，甚至连降续林檎也赶来了。她和猪知郎不同，是今年四月份新生刚入学时加入的大一学生，是真正意义上的唯一新成员。虽然在刚加入时，她还是个和户外无缘、有些内向的女孩。不过，如今她在体力上已经不输给其他成员了。

在场的成员里，二年级的有国府玲亚、海部零、荒井透和兵务足彦，一年级的有小樽猪知郎和降续林檎。当然，还有病床上的“外部人员”飞鹰六骑。这七人便是现在探险部的全部成员。

“但是看他的病情，估计下次探险没戏了吧？”

透看着六骑高高吊起的两条腿，有些担心地说道。

刚开始六骑加入探险部的目的完全是为了借用无人机，不过在一次次的探险之旅中，也逐渐被户外活动的魅力所吸引。他原本也准备参加下一次的探险，不过在活动之前，他因为逞强而两腿骨折了。

“你们已经定好目的地了吗？”

“还记得之前跟你提到的瓦尔哈拉吗？我跟足彦说好了，下次探险的目的地就选在那里。”

瓦尔哈拉。

在透说出这几个字的瞬间，玲亚、零、林檎的嘴角纷纷抽动了一下，表情也变得有些古怪。只有猪知郎摆出一副茫然的表情。

在北欧神话里，瓦尔哈拉是主神奥丁的宫殿。在瓦尔哈拉宫殿里，有成千上万战死者的英灵，为了迎接即将到来的“诸神黄昏”而日夜训练，享用餮宴。

当然，探险部的成员不可能选择遥远的北欧作为探险的目的地。透所说的瓦尔哈拉位于日本的大山深处。

透和足彦现在寄宿在大学的学生宿舍中，不过他们都来自位于山谷的一个小村落——三豆村。有一条名叫希望川的河流自北向南一直流到谷底，两岸呈阶梯状，零零散散地分部着聚落。

十三年前，两人七岁的时候，名叫御出院的中老年资本家突然出现，他在村子的西南尽头一个被当地人称为明日台地的高台上，出资建造了一座和乡村格格不入的豪华宅邸。

村民们感到不可思议，因此前去询问视察工程进度的御出院。他作了以下的解释……

记载了北欧神话的叙事诗《埃达》，实际上是一本预言未来的书。里面所谓的“诸神黄昏（最终战争）”其实隐喻着核战争。书中表示，作为诸神黄昏的预兆，会出现连续三年的寒冬——这里指的是核冬天。也就是说，地球上首先会出现核爆炸。生灵被卷入爆炸，致命的核尘埃遮天蔽日，气温骤降，地球的蒸发和散热现象急剧减少，每年的降雨量也会减少百分之九左右。最后，植物会枯死，以其为生的动物会因饥饿而灭亡，全球开始出现严重的饥荒。不过，这些不过是末日的预兆。至于核爆炸的原因，则是因为核战争的打响。在《埃达》里，几乎所有的神明都在“诸神黄昏”里死亡，世界陷入战火之中，而后沉没在水底。这里的火指的正是核爆炸所引发的火光。诸神黄昏之后，沉入水中的陆地会重新浮出水面。在残破不堪的大地上，只有阿斯嘉特神域里的津利会残存下来。津利是一座黄金的宫殿，善良的人们会在这里永远幸福地生活下去。在古北欧语中，津利指与火焰相对，受到庇护的场所。在核战争中，就是所谓的核战避难所。而三豆村处于人类的世界，明日台地则位于阿斯嘉特神域。因此我才会在明日台地建立一座拥有核战避难所的宅邸。你们能明白吗？

对村民来说，御出院的解释堪比天书。

而对于御出院来说，他也并不指望村民能够理解他的想法。他找来了一位名叫伊山久郎的知名建筑家——他以建造奇特怪异的建筑而闻名。就这样，瓦尔加拉的建设工程有条不紊地进行。

瓦尔加拉完工之后，御出院便移居这座宅邸，但他的家人并没有和他一起生活。

然而，就在御出院移居瓦尔加拉不久，他便撒手人世。一名类似管家的人造访了村庄，将御出院病故的消息告诉了村民。

关于御出院的家庭成员，没有丝毫消息。如果没有继承人的话，那么他的所有财产便归国家所有。而事实证明了继承人的确是存在的。没人知道这名幸运的继承人在考虑些什么——或许是对于深山的宅邸没有任何兴趣，又或许是尊重御出院的遗嘱，总之，瓦尔哈拉如今依然在明日台地上伫立。

透此行的目的，就是这座瓦尔哈拉。

“但是这个地方毕竟和北欧神话有关，六骑应该也想去吧？”

足彦有些顾虑六骑的感受。

《黑羽刑警》的故事背景和北欧神话有关。因此，六骑和足彦对北欧神话了如指掌。比方说，六骑一直放在口袋里的那架无人机“海拉”，就是致敬黑羽刑警的搭档——一只半黑半白的乌鸦“海拉”。其名称的由来，是北欧神话里登场的、半身腐烂的冥界女神海拉。

“所以我提议，活动延期至六骑的腿伤痊愈后再进行。”

足彦说道。

六骑却摇了摇头。

“不用关照我，我痊愈要三个月呢。”

“三个月的话……那要十月份才能出院呀……”

“对啊，太冷的话肯定也不行吧。”

“确实是这样，可是……”

“你们别担心，你们以为我是谁？”

“咦？”

“无人机又不是只能用在侦探工作上，在这种情况下也能派上用场哦！”

六骑再次露出自信满满的笑容。

*

国府玲亚心情沉重。

因此，在结束探望后、前往医院出口的途中，也没有和成员们谈笑。

透："真没想到，无人机竟然还能派上这种用场！"

猪知郎："真不愧是无人机侦探！"

足彦："哦，对了，如果在他本人面前这么称呼他，会惹他生气的。一定要小心哦！"

猪知郎："这么说来，之前他也说过，这是世俗对他的称呼……但他为什么不喜欢这个称呼呀？"

足彦："毕竟他内心一直很尊敬《黑羽刑警》。虽然身份是侦探，但他一直渴望刑警的身份。"

众人离开了医院大楼。与六骑同乘于一辆救护车的玲亚、零和猪知郎三人没有骑自行车，于是他们便在原地等透、足彦和林檎去自行车停车场取车。

在等待中，猪知郎仿佛回忆起什么似的，开口道：

"话说回来，卡拉 OK……怎么办？"

"嗯……有点没心情了呢，"玲亚说道，"抱歉，还是下次再补办吧！"

"啊，确实。同一个社团的成员都受伤了，我不该在这时候提什么卡拉 OK，是我太不分场合了，对不起。"

玲亚忧伤的理由其实并不在于此，不过她也没有再说什么。

就在这时，透和其他二人纷纷推着自行车走了过来。

一行人朝着医院的院门前进。

"唉……有点累了。之后的课我也不大想上了……"

透发着牢骚。足彦在一旁警告道：

"语言学的课最好还是上一下吧？"

“确实啊。哎呀……上课真烦！”

刚走出院门的时候，玲亚对众人说道：

“抱歉，我实在是有点累。先回去了。”

“什么呀，你是准备旷课吗？”透有些不满。

“我不是说了我很累吗？”

“是不是刚才在医院被传染感冒了？”足彦露出了些许担心的表情。

“也许吧。零，送我到家门口吧。”

“唉，我可以旷第三节课去卡拉OK，但第四节课还是想上的……你一个人也能回家吧？”

明明是我的仆人，竟出言不逊……

“什么？你胆敢顶撞我？”

“不好意思……”猪知郎举起手来，“既然这样，那我送你回去吧？”

面对猪知郎的提议，玲亚不动声色，只是默默地看着零。

果然，零终于败下阵来。

“猪知郎你才大一，就别旷课了，还是我来送吧。”

玲亚露出了满意的表情。

他们二人和前往大学的四个人分别后，踏上了归途。不过，半途中，玲亚却转向了和车站完全不同的方向。

“不是要回家吗？”零提醒道。

“那是骗人的。我只是想找个人说说话而已。”

“既然如此，怎么不让猪知郎送你回去？”

“什么？你是认真的吗？”

“抱歉，”零露出了苦笑，不过立刻就换上一副严肃的表情，“不开玩笑，您最好听一下我的忠告……对于小樽猪知郎，还是小心为妙。我总觉得他是为了接近您才加入探险部的。”

“什么，你真的吃醋啦？”

“如果只是为了追求您的话倒无所谓。您父亲身居高位，因此会有很多人削尖脑袋、想方设法接近您。总之您还是多加小心为妙。”

“知道啦，知道啦！我以后会多注意的。”

不知不觉间，两人来到了公园门口。公园中央有个大水池。玲亚拉着零的袖子，把他拖进了公园。

公园里有个货摊在卖圆筒冰淇淋，有一对母子正在排队。

“你去买吧，我在那边的长凳等你。”

玲亚向零发号施令后，把钱递给了他。当然，这笔钱里只包括自己那一份。对待海部零，她可不需要发扬什么 noblesse oblige 精神。

零心里似乎也十分清楚，因此也并未抱怨，而是径直向货摊走去。玲亚则坐在水池前面的长凳上等待。

虽然玲亚并没有说自己想要什么口味，然而从货摊回来的零还是带来了她最喜欢的香草味冰淇淋。

（真是不错的仆人，对主人的喜好记得一清二楚嘛。）

二人一时间陷入沉默，只是呆呆地看着水池，吃着手上的冰淇淋。

终于，零开口问道：

“怎么了？大小姐您究竟有什么不满？”

“你觉得呢？”

“难不成是瓦尔哈拉的事情吗？”

玲亚有些自嘲地笑了笑。

“你不是知道得很清楚嘛……透和足彦怎么会提出去瓦尔哈拉探险呢？难不成是因为我爸爸……”

“您多虑了。估计只是因为他们故乡有个值得一去的地方，所以才想去看看吧？”

玲亚情绪有些激动。她把手中的冰淇淋用力地扔在地面上，接着说道：“国府乘土的女儿和三豆村出身的人一起去瓦尔哈拉？你还敢说这是我多虑了？他们一定是察觉到爸爸的身份，所以才会把目的地定在那儿的！他们肯定另有所图！”

“非常抱歉，大小姐。我刚才出言不逊……”

零并没有为自己辩解，只是一个劲儿地低头道歉。那副样子，真的就像忠实的仆人一般。

零的这种态度，反而使得玲亚内心更难受。她甚至不敢与零对视，只是低下头。脚下的冰淇淋仿佛自己的内心一般，以丑陋的姿态散落着。

究竟从什么时候开始的呢？他再也没有顶撞过我……

（唉，我究竟在说什么傻话！把他当作仆人，还暗自窃喜的人不正是我自己嘛！）

但是，在这种场合，玲亚并不希望对方向自己一味地道歉。

可是她又希望对方做出什么反应呢……

她也不知道。

玲亚不知道该怎么与零相处。

（到头来还是我太任性了……）

她陷入了深深的自我厌恶中。看着沉默不语的玲亚，零换了一副温柔的语气。

“如果大小姐您不想去瓦尔哈拉，那我也投反对票好了。反正能找到一大堆理由……”

“没事，不用了。这一天总会到来的。如果这真是命运，我必须面对……”

“大小姐……”

“我决定了。去瓦尔哈拉吧！”

玲亚看向水池，眼神坚决。

*

海部零过去很讨厌国府玲亚。

说是憎恨也不为过。

他是个自尊心很强的人。他始终觉得，自己应该是受人敬仰、拥有地位的那类人。然而命运对他开了个不小的玩笑——自他出生以来，就注定了这辈子的地位都在国府玲亚之下。

国府乘土，历任国土交通大臣、厚生劳动大臣、外务大臣，现在更是被委任内阁官房长官，是国内首屈一指的政治家。他和正妻之间唯一的孩子就是国府玲亚，而海部零是他和小妾之间的孩子。零的母亲在生他的时候因为难产而去世了，因此，零被国府家收养。他的身份不被国府家承认，也没有入国府家的户籍，所以至今还用着自己母亲的姓氏。

也就是说，零和玲亚是所谓的同父异母的兄妹。不仅如此，仿佛双胞胎一样，他们的生日也在同一天。对于零来说，这是他一直不愿意面对的事实。从幼时起，每当家族为玲亚举办盛大的生日宴会时，零总是孤零零的，没有一个人为他庆祝生日。正因为有如此大的差别，免不得让零感受到身处大家族的世态炎凉。

八年前，就在零十二岁生日的晚上，乘土把他叫到了书房，解释了给他起名为“零”的缘由。

“虽然你的名字和玲亚很相似，但你可别妄想着自己和她拥有相同的地位。你本来一无所有，就像你的名字‘零’一样。你要忘记自己的存在，一辈子都要当玲亚的影子，站在她的背后支持她。”

就算是小妾的孩子，但终归是自己的亲生骨肉。零压根不会想到，自己的生父会对自己说这番话，仿佛连同自己母亲的存在也一同被否决了一般。每当想起当时的情景，零总是会因为屈辱而浑身颤抖。

谈话结束，零离开书房，走在昏暗的走廊里。背后突然传来了熟悉的声音。

“零！”

零转过身。是他同父异母的妹妹玲亚。

“大小姐。”

这个称呼也是乘土强迫他改口的。

“大小姐”双手叉腰，一副怒气冲冲的样子。

“你到底去哪儿了？我不是和你说过嘛！我想找你玩的时候，你一定要待在房间里！”

想必她也知道，零和她是同父异母的兄妹。在这种情况下，她竟然还是这副口吻……

（她总是这样。简直把我当成招之即来挥之即去的道具……）

烛台的火光在玲亚身后的墙壁上摇曳。零意识到自己正站在她的影子里，慌忙退后了几步。刚才乘土的话重新浮现在他的脑海中。

一辈子都要当玲亚的影子，站在她的背后支持她……

（不！我才应该是站在阳光下的那个人！）

然而，乘土和他的女儿，仿佛遮盖了阳光的核战避难所的屋顶笼罩在他的头顶。

零深感无力，低下了头。

“十分抱歉，大小姐……”

他憎恨乘土，憎恨玲亚。

有什么方法能够报复他们呢……这个问题困扰了零很久。

他最初想到的，是把自己当成炸弹的方法。也就是说，将自己私生子的身份当作乘土的丑闻爆料给媒体。

在想到这个方法的时候，他十分兴奋。但冷静下来思考后，他发现这个方法并不算好。这对于乘土来说的确是个丑闻，但也不过如此——这并不能撼动对方的政治生涯。相对地，自己的所作所为一定会被发现，到时候就真的一无所有了。更何况，即使自己向媒体提供了一部分情报，但等这场风波过去以后也没人会买他的账。对他来说，这完全是一次无用的自爆。

还有其他方法吗？

再三考虑后，一个计划浮现在他的脑海中。

他虽然无法颠覆乘土和自己之间的尊卑关系，但是可以从玲亚入手。虽然零和玲亚是同父异母的兄妹，但从根本上来说，是男人和女人。陷入恋爱的一方是不顾一切的。虽然常说“水往低处流”，但恋爱中正好相反，被爱的那个人永远处在上风。

他决定了。要让玲亚爱上自己。将来，玲亚在继承自己父亲的权力和金钱的时候，自己可以偷偷地据为己有。这不仅是对乘土最好的复仇，也能让玲亚屈服在自己脚下。

当然，这个计划唯一的障碍，就是两人血脉相连的兄妹关系。然而，这一障碍说不定反而是优势。国府乘土年轻的时候曾被人嘲笑“因为长得帅，所以当了官”。而兄妹二人也完美地继承了父亲的基因。从小到大，身边从未出现比他们长相更俊美的人。他有自信，只有自己的长相才配得上玲亚。就连在北欧神话里登场的那对双胞胎兄妹——丰饶之神弗雷和爱与美的女神芙蕾雅，同样有超越男女、有违伦常的关系。

自那时起，零便开始了以人生为赌注的恋爱游戏。这个游戏不允许失败。一旦被对方厌恶，别说让她爱上自己，就连现在的地位都有可能失去。因此，他非常慎重地一步步展开自己大胆的计划。

首先，他彻底地观察了玲亚的一举一动。他分析对方的言行、品味，甚至喜欢的男性类型，然后一丝不苟地效仿。

当然，在平日里，玲亚总是一副“女王大人”的姿态。零也扮演着她忠实仆人的角色。虽然对方允许他偶尔出言不逊，但最后的赢家也一定得是她。

让他意外的是，玲亚的内心比自己想象中的还要脆弱。在她无意间露出自己软弱一面的时候，零总会陪在她身边，当她的倾听者。就这样，他逐渐地侵入了玲亚的内心。

为了对异性有更好的了解，零曾经也想过要和其他女性交往。但这样一来玲亚可能就会疏远自己，所以他放弃了这种念头。

而且，在其他男人接近玲亚的时候，自己也需要适时地充当猎犬的角色。当然，乘土也给他下达过同样的命令，所以更是名正言顺。

在零的不懈努力之下，他和玲亚总算是有了现在的关系。

在这种关头，他更不能让其他男人阻碍自己的计划。

如果小樽猪知郎妄想靠近她，那么就由自己消灭……

如果荒井透和兵务足彦妄想伤害她，那么就由自己击退……

当然，零也意识到了，透和足彦在暗中计划些什么事情。对玲亚说“多虑”是为了消除她的不安。没想到反而惹得她生气，这是他的失败。

（谁都别想碰玲亚一根手指头。她是属于我的！）

*

小樽猪知郎暗自窃喜。

自己等候多久的时机终于来临。在六骑的病房里听到的，探险部下次活动的目的地——瓦尔哈拉，就是最适合自己实施计划的场所。自己终于可以向那位骄傲自大的政治家、国府乘土复仇了。

因为乘土，猪知郎的母亲去世了。之后他便在心中暗暗发誓要复仇。但自己身为一介草民，又怎么和强大的当权者对抗呢……

他一直苦思冥想而无果，就这样过了多年。在进入大学后，他已经快要放弃复仇的念头了。

就在这时，他遇见了国府玲亚。

当时，他提前来到教室坐在后方，下节课是所有学生都可以选修的基础课。

一名女性从他眼前走过。他被对方的侧脸深深地吸引了。摄人心魂，这个词完全符合他当时的心境。

她孤身一人坐在猪知郎斜前方的座位上，猪知郎忍不住将目光向她投去，希望对方能够回头发现自己。

此时距离上课还有十几分钟。她看上去很无聊，一只手托着腮，另一只手拿起手机快速地翻动着照片。当时猪知郎心想，再这么看下去就真的成了偷看，于是便有些慌张地转过头去……

就在这时，一张照片出现在他的视野里。

背景看起来是某个旅游景点，她和一位壮年的男性并排站着。

虽然只有短短的几秒钟时间，但那张傲慢的脸自己是绝对不会认错的。

国府乘土。

为什么她会有和内阁官房长官的合影？

难道他们是一家人？

如果是这样的话——这说不定是个千载难逢的机会。

猪知郎下定决心，于是便开始向对方搭话。他十分擅长和女性聊天——虽然他是个复仇者，但也并非一心只想着复仇。他拥有正常年轻男性的生活。

对方也十分健谈。因为两人拥有户外活动这一共同爱好，所以关系很快变得融洽起来。

是时候进入正题了。

"哦，对了，忘了自我介绍，我叫小樽猪知郎①。猪知郎这三个汉字有点奇怪，你能猜出是哪几个字吗？"

"嗯……既然你这么说的话，那就应该不是汉字的'一'吧？难道是'市场'的'市'？"

"'ROU'是很普遍的'新郎新娘'的'郎'。至于'ICHI'，是'野猪'的'猪'加上'知识'的'知'。"

"呜哇……真奇怪！"

"是吧，很怪吧！现在哪儿会有人给自己小孩起名叫'猪'什

① "猪知郎"读作ICHIROU，也可写作"一郎"。其中ICHI可写作"市"或"一"，I可写作"猪"，CHI可写作"知"。

么的呀！”

“是呀，从长相上来看根本就不像‘猪’嘛！”

“嘿嘿……真的吗？”

他装作一副害羞的样子，终于抛出了关键的问题。

“话说回来，你的名字是？”

“我？我叫国府玲亚。”

国府！果然是一家人！

他的猜想果然没错。

“国府这个姓氏，我好像在哪里听说过……啊，想起来了，国府内阁官房长官——看你穿的衣服好像也是奢侈品……你不会是官房长官的亲戚吧？”

“经……经常有人这么说啦……其实我们完全是陌生人哦。”

她在说话的时候，眼神明显有些游离。猪知郎明白——对方在说谎。如果让周围的人知道自己是政治家的女儿，说不定会遭遇绑架之类的危险情况，因此她才会想极力隐瞒。

再结合刚才看到的那张合照，猪知郎断定，玲亚正是自己复仇对象的家人。

就算是家属又如何？

（以眼还眼，以牙还牙。国府乘土，你夺取我家人性命的仇，就由你的家人来偿还吧！）

当然，玲亚是无辜的，把她卷入自己的复仇让猪知郎深感愧疚。

不过，猪知郎在与玲亚的接触中，发现她是一个总把

“noblesse oblige”这种话挂在嘴边、用金钱收买人心的肤浅女人。这种如同站在屋顶向下撒钱的行为，对生活一直贫困潦倒的猪知郎来说，是绝对无法容忍的。果然，有其父必有其女。

（对这样的人，我根本不需要同情。我可以毫无顾忌地展开复仇计划了……）

他暗下决心。

如今，瓦尔哈拉之行——这个绝佳的机会终于来了。

放学后，他来到母亲安眠的陵园，打算在母亲的墓前汇报这一切。

夕阳的余晖洒向陵园。他在纵横排列的墓碑之间踱步，朝着自己母亲墓碑所在的区域前进着。接下来，眼前的景象让他的心脏瞬间停止了跳动……

母亲的墓碑散发出金色的光芒。

这并不是什么不可思议的现象，只是夕阳在打磨得如同镜面光滑的花岗岩上反射的光而已。只不过，有些人看来，这可能是某种神明展现的神迹。

不过，在看到金黄色的墓碑后，猪知郎的眼中却只有复仇的怒火。

“妈妈！”

猪知郎快速奔跑到母亲的墓前，用身体挡住了夕阳。花岗岩恢复了它原有的灰色。

“妈妈！没事吧！你怎么在去世后还要受黄金的折磨呢！混账！乘土，我不会放过你！绝对不会！”

在太阳完全落山之前，猪知郎一直在墓前保持着同样的姿势。

*

荒井透惜财如命。

透和足彦在去医院探望六骑的当晚，两人聚在足彦的房间里推杯换盏。和透的房间不同，足彦的房间干净整洁。《黑羽刑警》的 DVD 也按照顺序整齐地码放成一排。

（真不愧是足彦，房间也整理得一丝不苟。）

透晃了晃手里所剩不多的啤酒罐，一饮而尽，然后略加思索后开口道：

“我按照你的要求，向大家提议去瓦尔哈拉了……这么做真的好吗？”

说着便把手伸向一罐尚未开封的啤酒。加上之前喝的，这已经是第三罐了，可他的脸色依旧毫无变化。

“你到底想说什么？”足彦手中的发泡酒[①]还是他喝的第一罐，可他已经面红耳赤，也有些口齿不清了，“必须结束这种不健全的关系。透你不是也赞同我的想法吗？”

“唉，你的想法我当然明白。那个什么‘奥比例’的……”

“是‘noblesse oblige’！”

“对，就是那个。的确，单方面用金钱买来的关系并不能称

---

① 一种蒸馏酒和其他饮料（一般是苏打水）兑制的低浓度酒的统称。

为友谊。但是啊……如果她自己愿意这么做的话，那就由她去好啦！”

足彦眼镜后的眼睛瞪得老大。

“什么？事到如今你还在说什么傻话！难不成你还觉得惋惜吗？没法从她那里拿到钱让你觉得惋惜吗？”

在酒精的作用下，足彦逐渐变得失去理智，不过他说的话倒是一针见血。

“哎呀，毕竟……”透轻轻咳了咳，“毕竟金钱也很重要嘛！”

“你看看！你这种想法要不得！一旦有了这种想法，你就不再把对方当成朋友看待，而是你的摇钱树！”

“不，玲亚是我重要的朋友……”透发自内心地说道，“让她负担我们的全部费用这事的确不妥。因为她比我们都富有，所以在我们购入昂贵设备的时候，她好心好意来负担费用——这种事也很正常嘛！不是有种制度叫‘雷金课税’嘛！”

“是累进课税①！”

“对，就是那个！”

“我之前也提醒过你，她并不是因为善意而施舍我们。她这么做是为了偿还自己父亲犯下的罪行！”

“听说她父亲是国府乘土的时候，可吓了我一大跳。”

为何玲亚出手如此大方？心有疑虑的足彦从她的姓氏“国府”提出猜想，认为她的父亲就是那位政界巨人国府乘土。为了证实

---

① 可以理解为赚钱越多课税越高。

这一猜想，足彦在上个月的例会后，偷偷地跟在零和玲亚的身后。

根据足彦的说法，他们二人进入了一栋门牌为“国府”的豪宅里。足彦躲在大门外的灌木丛里，监视着门口的情况。

大约两个小时之后，一辆奔驰车停在门口。伴随着 SP[①] 走下车门的不是别人，正是那位国府乘土。他通过内线电话打开大门后便走了进去。至此，足彦的假设被证实了。

不仅如此，零在进入豪宅后也没有离开。他很可能是住在国府家的用人的儿子。

这些便是足彦汇报给透的内容。

“咦？我刚想到……如果是为了偿还自己父亲犯下的罪行，那么对象应该只有我和你才对吧？她为什么还要向无关的其他成员示好呢？难不成他们也是被她父亲伤害过的人吗？”

“不，她这么做恐怕只是为了保全探险部吧？因为我们把探险部看得很重，所以她才会对所有成员都示好……”

“要照你这么说，那她可真善良……”

“所以说，她本性并不坏。只不过，如果我是她，可没办法对自己的朋友做这种事。而且她本来就是无辜的……”

“不，”透伸出手制止足彦，“我没法赞同你的意见。她不是无辜的——因为国府乘土犯下的罪……”

透十分痛恨国府乘土。身为部长的他决定成员之间要互相用名字称呼，也是因为他不想听到或说出“国府”这个姓氏。可突

① SP指Security Police，即担任重要人物警卫工作的警察官。

然称呼对方名字又容易产生误会，所以他才找了个“加深成员关系和睦”的理由。

“他女儿何罪之有？更何况现如今我们能够住在这栋学生宿舍，每天安安稳稳地度过大学生活，我已经很满足了。”

“唉，也是啊……”

“设备的话由所有成员出钱平摊就好了。我们不都在打工吗？”

透沉默了。事实上，他打工的薪水几乎都被他拿来买酒喝了。他何尝不想省点钱呢？

一瞬间，透的脑海中闪现了一个邪恶的想法。

（如果足彦的计划以失败告终就好了……）

对透来说，不仅足彦的计划成功概率微乎其微，而且他连计划的目的都没弄清楚。“去瓦尔哈拉”和“让玲亚停止 noblesse oblige 的行为”究竟是怎么联系到一块儿的——足彦似乎有自己的考虑，但是他只围绕着当事人的性格向透做了抽象的解释。对于透来说，还是一头雾水。

你的思维缺乏逻辑——足彦总是这么批评透。但是这次的计划在透看来，缺乏逻辑的应该是足彦才对。真正的逻辑应该很容易理解才对。

比起足彦这样以不能成为逻辑的诡辩为依据想出的计划，倾听大自然中最质朴的语言，对透来说更容易理解。那就是他所钟爱的户外活动。

但是足彦并不打算采用最简单的方法。所以……

（他的计划一定不会成功的吧？）

透抱着这样的期待。

*

兵务足彦打算结束这一切。

只要倾听大自然中最质朴的语言就行了——透这么对他说。

当然，他最终的武器的确是语言。不过语言有时候过于直接，会成为杀人的凶器。

“我知道你的父亲是谁。”

“我也知道你 noblesse oblige 的目的。”

“所以，别再做这种事情了。”

这样的话，如果不经任何修饰，直接对玲亚说，结果会如何？内心被看穿的她一定会感到羞耻，一定会深深地伤害她。

语言的利剑必须有剑鞘来保护。迟钝的透并不能理解足彦的良苦用心。

他不仅不会审时度势，还不会察言观色，简直迟钝到无可救药。果然，对于这种大块头的人来说，一些细小的事情便视若无睹了吧。对于透的这个缺点，足彦在私底下很不满。

当然，除此之外，透还有大把优点。正因为如此，他们关系一直不错。但即使是好友，也无法包容对方的所有缺点。

足彦的计划是迟钝的透不能理解的。为了自己的计划，他要把玲亚带去一切开始的地方——瓦尔哈拉。

玲亚应该从未去过瓦尔哈拉，所以她并不知道那里的一切。

而对于足彦来说，上次去瓦尔哈拉已经太过久远，所以记忆也随着时间的流逝变得模糊。这仿佛一个很久以前读过某本书却忘记了绝大部分内容的人，向从未读过这本书的人介绍书中的内容一般滑稽可笑。

他们需要去瓦尔哈拉，取回自己失去的远久的记忆。如果不这么做，自己的计划就不会启动。

计划启动之后呢？

只剩终焉。

所有的一切都将结束。诸神黄昏即将到来。

最坏的结果，足彦可能失去所有的一切。

比方说，足彦和玲亚唯一的关系是她挂在嘴边的“noblesse oblige”。如果玲亚从此放弃这种行为，之后他们还能继续做朋友吗？——足彦也不清楚。如果玲亚离开，想必零也会跟着一起离开吧。

而且……透好像希望玲亚继续她的 noblesse oblige 作风。如果因为自己的计划让玲亚离开的话，他和透之间的友谊一定也会产生裂痕。

这样一来，社团里就会变得一团糟。无法忍受的六骑、林檎和猪知郎也会一个接一个地离开吧。

能让足彦在大学感到快乐的，只有他苦心经营的探险部了。如果探险部分崩离析，对于足彦来说无异于天崩地裂。然而，他也忍受不了现在的局面。唯有改变。

自己为什么如此坚持呢？

正如透所说的，玲亚的noblesse oblige是她自发的行为，作为乘土的受害者，透和足彦理应得到这些补偿。自己又为何要以身犯险，去改变现在的局面呢？

一切的原因都在这里。

都在自己的心里。

足彦回想起了跟踪玲亚回家时的事情。

那一天一直在下雨。足彦躲在国府家门外的灌木丛里，等待乘土现身。到最后，即使乘土到了家，零依然没有离开。

估计零是住在国府家的用人的儿子吧——透是这么推测的。

然而这一推测是透在很久之后才提出来的。刚开始，他的猜想是玲亚把零叫到了自己房间，两人长时间待在一起——他们是所谓的男女关系。

想到这里，足彦感到胸口一阵绞痛。因为当时的他刚发现自己爱上了玲亚。

雨水淋湿了足彦的后背。他想到了北欧神话的一位神祇——海姆达尔。邪神洛基曾经对他说过“被雨水淋湿后背的你，只能成为神界的守门人”，以嘲笑他地位的低下。

现在的自己不正是海姆达尔吗？玲亚和零在豪宅中享乐的时候，自己却孤身在雨中守护在门前……

自己和零之间的差距令足彦感到绝望。零不仅拥有足以媲美玲亚的容貌，还是她的青梅竹马。与之相对，自己则被她当成受害者施舍恩惠……这样下去的话，自己永远不可能成为对方爱慕的对象。首先，得和她成为身份对等的存在。

这就是他想让玲亚放弃 noblesse oblige 行为的理由。

在北欧神话里，几乎所有的神明都死在诸神黄昏中，世界曾一度毁灭。然而，在此之后，世界又重新复活，仅存的生命在黄金宫殿里展望着美好的未来——这便是希望的象征。

足彦也祈祷这次的探险之旅能给他带来希望。

*

降续林檎的心中有一位唯一的神明。

所以，周围的人都和她无关。探险部的成员也不过是一群臭鱼烂虾。

她唯一在意的，只有飞鹰六骑。六骑能够相信旁人付之一笑的奇思妙想，并且实现它——仅从这一点来看，他和唯一的神明有不少相似之处。当然，六骑还是无法和唯一的神明相提并论。因此，她虽然去医院探望了六骑，但终归来说，六骑也是个可有可无的存在。

她加入探险部，并且一直没有离开的原因只有一个。

时间追溯到今年的四月中旬。当时的林檎在学生食堂吃着三文鱼盖饭。食堂像高峰期的电车一样到处都是学生，让她内心烦躁不堪。

现实中有些人不想被人注意到自己一个人在食堂用餐，有时候甚至会选择去厕所——真是愚蠢至极。在这种人满为患的食堂里，又有谁会留意一个独自吃饭的人呢。

不，就算食堂里空无一人，她也能够安心地用餐。倒不如说她希望自己在用餐的时候周围空无一人。和比自己劣等的人在一起，这会给她很大的压力，对她来说完全是浪费时间。在她看来，这个世界上比她更优秀的只有唯一的神明。

她想和唯一的神明一起用餐。不过，即使这个梦想真的实现了，对于唯一的神明来说她也是劣等人，反倒会让对方感到压力吧——这实在是过于失礼。所以，独自一人用餐对她来说才是唯一的正确答案。

“不好意思，旁边没人吧？”

突然，一个大块头男子端着餐盘出现在她的面前。当然，他并非故意坐在自己的身边，而是实在没有其他的空座了。林檎默默点点头，稍微往旁边挪了挪。大块头男子向她道谢后，便坐在了她的旁边。同时，一个戴着眼镜的男子坐到了他的对面。

“今天人可真多啊！”大块头抱怨道。

“忍忍吧。像去年那样，等到黄金周[①]过去之后就没人来了。”眼镜男劝道。

“真是不可思议。为什么这么多学生只在四月来学校上学呢？”

“大概只是为了决定自己选修的课程吧。再往后就只有期末考试期间人会比较多了。”

“这么一想，五月以后也继续来学校的我们还真是学生的榜样呢！”

---

① 黄金周指日本从四月末到五月初的长假。

“只不过人在学校而已，该逃的课都逃了。”

两人一同笑了起来。

（哼，这个世界上的人类果然都是垃圾。）

林檎不想再继续听隔壁的对话。要不要买个随身携带的音乐播放器呢——虽然自己对于音乐毫无兴趣。

大块头突然改变了话题。

“话说，足彦，你在春假的时候不是回三豆村了吗？那里有什么新情况吗？”

三豆村。林檎听到了自己再熟悉不过的名字，她不由得竖起了耳朵——当然，也有可能只是恰巧读音相同。

“你觉得那个小村子还会发生什么新鲜事吗？还是跟以往一样，一片死气沉沉的。再这么下去恐怕就要自然毁灭了吧。”

“那可是我们的故乡啊！你怎么这么冷血！”

“我又能有什么办法。”

“不，一定有的。我们想想用什么方法能让故乡振兴吧！”

“那种地方还能怎么振兴啊？”

“的确不好办呐……对了，我想到了！”

“什么呀？”

“瓦尔哈拉呀！就是那个叫御出院的有钱人修建的宅邸。”

瓦尔哈拉！御出院！在听到这两个决定性的关键词后，林檎兴奋了起来。一定没错！他们就是来自三豆村的人！

“哦，你说的是那个呀！就是那个以诸神黄昏为构思建造的，带有核避难所的大宅子？的确，这些要素很稀奇。说不定还真的能成为不错的观光景点！”

（观光景点?！）林檎暗自不快。（竟然把圣地当成你们赚钱的工具?）

“唉，就算振兴故乡是玩笑话，我也想和探险部的成员们至少一起去一次。”

“哎……但我们这算不算非法入侵啊?”

“没事，总会有办法解决的。”

糟糕。

林檎心想。如果他们的计划真的成功，那么圣地就会被劣等人破坏。然而，身为局外人的自己就算再怎么劝说，眼前这两个愚昧的人也不会听取意见的。

（既然如此……）

大块头和眼镜男又换了下一个话题。

“对了，我们社团好像还没有新人加入吧?”

“难得六骑也愿意协助我们，还说要用无人机拍下我们爬山的过程呢。”

“这下女王要发火了吧……”

“我愿意加入。”

林檎立刻举起手、站起身来。大块头和眼镜男纷纷看向了她，不过都是一脸目瞪口呆的样子，什么话也没说。她立刻判断周围太吵以至两人听不清自己的话，于是抬高了音量：“你们没听见吗?我说我要加入探险部。”

周围的视线集中在她身上。大块头终于有所反应。

“可以是可以……为什么突然要……”

为什么？那不是理所当然的吗？

既然自己阻止不了你们前往瓦尔哈拉，那么干脆就和你们一起前往，防止你们做出什么出格的举止。由劣等的人类聚集起来的社团是她最为忌讳的事物，不过，为了守护圣地，自己愿意舍弃自尊。就算是垃圾堆自己也愿意冲进去……

而且，说句实话——她也期盼自己有朝一日能够造访这片从未去过的圣地。

（到时候会擅自闯进您的宅邸，还请您多多谅解。御出院大人。）

御出院是她唯一的神明。

第二章　密室里的无人机和尸体

新一天的黎明到来了。

一大早，玲亚和零就离开了国府家。在此之前，两人发生了一点摩擦。原因是衣服撞衫了——他们都穿着黑色的衣服。

玲亚当即就命令对方："我可不想跟你撞衫，快去脱了！"

"我倒是无所谓，但仔细想想，如果大小姐穿着黑色的衣服，很可能跟六骑撞衫吧？"

"你这么一说，确实……六骑穿什么跟我有什么关系！我只是没办法忍受跟你撞衫！"

"我明白了。"

零换上了一件白色的短袖带领运动衫。

随后，两人上了一辆乘土名下的面包车。玲亚坐在车的后座上。零坐进驾驶席，发动了面包车。

车子开到了大学的正门，接上了等候在那儿的透、足彦、猪知郎和林檎。因为要为零指路，透坐上了副驾驶席。

六骑在医院的正门前等待。他的两条腿打上了厚厚的石膏，正坐在一辆儿童专用的轮椅上。就算是这样的状态，他也依然没有忘记那件标志性的黑色大衣。

"哟，身体还好吗？"

透举起手来向六骑打招呼。

“还行吧。”

足彦指着轮椅边上放着的一个巨大的塑料箱子，问道：

“这就是你之前提到的新型无人机吧？”

“是啊。”

这个箱子是六骑的母亲在探望他的时候特地为他带来的。

“抱歉，能帮我抬一下箱子吗？”

“没问题！”

“好！那我就负责把你抬上车吧！”

大块头的透把六骑瘦小的身体从轮椅上抱了起来。六骑本以为他会连同轮椅一块儿抱上车，这种预料之外的情形让他不由得有些慌乱。

“喂！把我放下来！我一个人能行……”

“没事！都这种时候了，我们帮点忙也是应该的！”

透像哄小孩一样安慰在他怀里乱动的六骑，不由分说地把他抱上了面包车。

（考虑到六骑好胜的性格，应该让他自己上车才对。透这家伙总是不会体谅别人的想法！）

足彦一边在心里发着牢骚，一边把六骑的轮椅折叠好。接着他又把放着新型无人机的塑料箱搬上了面包车。

六骑在座位上板着一张脸。零重新发动了面包车，开始向目的地进发。

路途当中，车内如同往常一样，分为了“吵闹派”和“寡言派”。前者有透、足彦、玲亚和猪知郎，后者是六骑、零和林檎。

只不过，因为今天的目的地有些特殊，“吵闹派”中几乎所有人都在强颜欢笑。

面包车驶出市区，穿越田野，终于来到了大山脚下。众人按照计划，在山脚下的停车场简单地吃了个早餐。和刚才一样，透抱着满脸不情愿的六骑走进了食堂。

探险部的七位成员占据了一整条长桌子。

六骑坐在桌子的短边前。

六骑左手的长边，以他为起点，分别坐着零、玲亚和猪知郎。

右手的长边则坐着透、足彦和林檎。

玲亚用优雅的姿势切着餐盘里的肉，对众人说道：

“我想在出发之前做好功课，所以读了一些关于北欧神话的书籍。奥丁虽然贵为众神之王，人品却不怎么样。为了抵抗诸神黄昏，他需要大量战死者的灵魂。因此他怂恿人类的王国，挑起了很多战争。但如果不是奥丁迫害洛基的子嗣，也不可能引发那个所谓的诸神黄昏吧?”

想理解北欧神话的概要，除了众神之王奥丁之外，还有另一个关键人物，那便是邪神洛基。

洛基是和神明所敌对的巨人族的子嗣。因为被奥丁赏识而与其结为了义兄弟，所以成了阿萨神族的一员，甚至生活在阿斯加德神界。喜欢恶作剧的洛基经常开些让众神感到困扰的玩笑，但是偶尔也会利用自己的智慧帮助他们渡过危机。

洛基和一名女巨人生了三个孩子，分别是尘世巨蟒耶梦加得、半身腐烂的少女海拉和魔狼芬里尔。

然而，一位女神给出了一个预言——洛基的三个孩子是引发诸神黄昏的罪魁祸首。

相信了预言的奥丁先是把耶梦加得扔进了大海。由于海拉是以人类女性的姿态出现，奥丁大概是怜香惜玉，只把她流放到极寒的偏远地带，让她掌管除了战死者以外的所有灵魂。至于芬里尔，因为它刚开始看起来跟普通的狼崽并无差别，所以奥丁喂养了一段时间。但很快，它的体型就大到令奥丁感到恐惧的地步，所以就用魔法绳把它束缚了起来。

作为三个孩子父亲的洛基是如何看待奥丁的做法的呢？神话中并没有提到这一点。这虽然是古代神话中经常出现的桥段，但没有任何关于洛基内心活动的描写。而在那之后，洛基依然如同以前那样，运用他的邪恶智慧，时而让众神感到束手无策，时而又帮助众神。可是，洛基不可能真的对奥丁的所作所为视若无睹，（暂且不提他对众神做的恶作剧）自己如此帮助众神，换回来的却是恩将仇报。既然你们惧怕诸神黄昏的到来，那么我就帮助你们实现预言吧——他当时的心理活动应该是这样的。

奥丁也有很多孩子。其中一个叫巴德尔的儿子被洛基设计谋杀了。关于杀害巴德尔的原因，神话故事里并没有详细说明。不过考虑到奥丁对洛基的子嗣做过的行为，把洛基杀害巴德尔看成他对奥丁的复仇也算是合情合理。

谋杀的经过是这样的——首先，或许感受到了洛基的杀意，巴德尔做了一个噩梦。他梦见自己被人暗算致死。

他的母亲弗丽嘉十分担心，于是和所有有机无机的“世间万物”缔结了无法伤害巴德尔的契约。除了一株槲寄生，因为尚且年幼，所以无法缔结契约。

为了纪念巴德尔获得了不死之身，诸神举办了隆重的盛宴。在宴会上，他们举起手中的武器投向巴德尔，果然无法伤其分毫。而巴德尔双目失明的弟弟霍德尔被洛基诱骗，拿手中的槲寄生朝他扔了过去。巴德尔被枝条刺穿身体，死了。

因为巴德尔并非战死，所以被送往了海拉统治的死亡之国。奥丁的使者请求海拉，“让巴德尔复活”。海拉给出了一个不可能完成的难题——“只要让‘世间万物’为巴德尔哭泣，他就可以复活”。于是，弗丽嘉再次走遍了世界的各个角落，请求“世间万物”为巴德尔哭泣。唯独一名女巨人不愿为他哭泣，因此巴德尔只能继续留在死亡之国。事实上，那名女巨人正是洛基变的。洛基从一开始就不打算让巴德尔复活，只是为了看奥丁夫妻做无用功而暗自窃喜。

在那之后，洛基擅闯了众神的宴会，把众神痛骂了一通，接着又揭露了自己杀害巴德尔的黑幕。他在逃跑时被抓住，奥丁用他另一个儿子——纳尔弗的肠子把他绑了起来，关在了幽暗的洞窟中，永远遭受着头顶滴下的蛇毒的折磨。

就这样，洛基和芬里尔被关了起来，耶梦加得沉睡在深邃的海底，海拉在极寒的死亡之国——他们一起默默地等待着时机的来临。

终于，诸神黄昏的号角被吹响。洛基和芬里尔从束缚中解放出来；耶梦加得从沉睡中苏醒，掀起了巨浪；海拉操纵着死去的亡魂。他们连同和众神敌对的巨人族一起攻入了神界。他们和众神战成一团。世界被火焰包围，而后又沉入水中。

然而，在诸神黄昏之后，世界再度浮出水面。在残破不堪的大地上，只有黄金宫殿津利原封不动地残存下来。善良的人们在这里永远幸福地生活下去……

北欧神话的主要故事就是如此。玲亚会同情洛基的遭遇也算情理之中。

“我也这么想。”

足彦露出了苦笑。

“咦，你也读过北欧神话吗？”

“我的情况不太一样。当我还是小孩的时候，因为对村子附近的瓦尔哈拉有点兴趣，所以了解过一些。当然，最关键的是《黑羽刑警》以北欧神话为背景……哦，抱歉。”

足彦手舞足蹈的时候，他和林檎拿筷子的手不小心撞到一起，林檎一言不发地低下头。

“林檎同学，要跟我换个座位吗？”

猪知郎提议道。然而对方甚至没有正眼看他。

“太麻烦了，还是算了。”

尚未习惯她这种说话方式的猪知郎有些不大高兴。另一方面，已经有一定免疫能力的足彦若无其事地继续说了下去。

“众神之王奥丁是个恶人，邪神洛基是可怜人——为什么北欧神话会给人这种印象？我自己也考虑过这个问题。”

足彦做作地推了一下眼镜，继续解释道：

“首先要考虑北欧神话从哪里流传下来。答案是维京人。维京是个怎样的民族，相信不用我多介绍了吧？”

“海盗。”

玲亚回答道。

“没错，海盗。从公元八世纪至十一世纪之间，维京人时常驾驶帆船进出北欧至西欧的沿海地区。当然，最近的研究表明，维京人并不像大众所认知的那样，是一群只懂得劫掠的土匪。但以时代来说，只要离开自己的统治范围，就一定会引发冲突。这种时候，船上的战士们就需要用舍弃生命的觉悟来面对敌人。因此，统治者就会讲述北欧神话，让战士们士气昂扬，英勇御敌。

“战死者的魂魄会前往英灵殿（瓦尔哈拉）。只要在英灵殿，虽然白天会为了备战诸神黄昏而训练，但每天晚上都有豪华的晚宴。那里不仅有享用不尽的美酒和佳肴，更有美丽的瓦尔基里①作陪。所以，不要恐惧！勇敢地战斗吧！勇敢地死去吧！”

“哼，也就是统治者为了利用战士而对他们进行洗脑，对吧？”玲亚有些理解地点点头，却立刻发现了叙述中的矛盾点，“咦，奇怪了，如果统治者为了洗脑而传播，那么为了收集战士英灵，奥丁应该会被他们美化才对呀？”

“事实上，传播北欧神话故事的人是被统治的那一方。他们大概也隐约察觉到自己被统治阶层蒙骗了吧？但是他们无法直接说出口。因此，他们假托神话故事来抒发自己心中的不满。真是讽

① 瓦尔基里指引导英灵的死神，奥丁的侍女。白天飞往战场收集阵亡战士的灵魂，夜晚陪同英灵纵情狂欢。

刺，这些神话故事原本是统治者阶级告诉他们的。在故事中，骄傲自大的奥丁实际上就是暗讽他们当时的统治者。”

“也就是说，同一个神话故事里混入了两个不同阶层的视角，对吧？”

“正是如此。统治者的视角是奥丁，被统治者的视角是洛基。洛基擅闯众神宴会的那一幕，虽然是古典诗歌，但现在看上去依然气势磅礴——毕竟这里面饱含被压迫者的恨意。”

玲亚若有所思地低下头，一时间没有开口。

相对地，猪知郎提出了自己的想法：

“被压迫者的恨意……如果按照预言，诸神黄昏指的真是核战争，那么现实中的核战争也可能因恨意而引发呢。”

一群人陷入了沉默。

谁也未曾想到，竟然是这个人率先打破了沉默。

“可是……人类一定都觉得自己是被压迫的那一方吧……”

林檎眺望着窗外，一个人自言自语道。平时总是沉默寡言的她竟然说出这样的话，其他人顿时有些目瞪口呆。

大概是因为刚才换座位的提议被拒绝，猪知郎此时有些恼羞成怒：

“你这话是什么意思？”

林檎把脸转回食堂，看向了猪知郎。她的表情仿佛像刚发现对方的存在。

“就是字面意思，难道你也觉得自己是被压迫的一方吗？”

平时沉默寡言、压抑自己感情的林檎在辩论时，虽然声音不大，但表情却充满自信——说是桀骜不驯也不为过。猪知郎本想说些什么进行反驳，最终却还是不快地咋舌后闭上了嘴。气氛顿时有些尴尬。

玲亚慌忙地换了个话题。

“快看窗外！景色可真不错呀……我们吃完饭以后，去那里拍个集体照吧？”

早餐和合照结束后，一行人乘车离开停车场，再度朝着瓦尔哈拉前进。

自北向南的希望川，东岸的半山腰是一条国道。面包车沿着国道向北前进着。沿着柏油路的国道行驶没多久，道路就变成了土地都暴露在外的“泥道”。道路的左边森林里出现了一条岔路，面包车并未转弯，而是径直地开了过去。

“哎呀，好像走过了。停车吧！”

坐在副驾驶席的透有些慌张地说道。零把面包车停在国道边上。

“看，瓦尔哈拉就在这旁边。只要走几步路就到了……”他转头看向坐在后面的六骑，“六骑，你怎么说？”

“我就留在车里好了，之后我会控制无人机跟你们同行。”

没错，对两腿骨折、没法自由活动的六骑来说，探索瓦尔哈拉的方法，就是操纵带有摄像机的无人机与众人同行，然后把拍摄到的影像传送到他手边的笔记本电脑上。当然，因为无人机只能接受一定范围内的电波，所以他必须跟着众人来到深山。

六骑从塑料箱中取出了两架黑色无人机。这次的无人机和之前在追捕银行强盗时用的三架都不同。这次的无人机大概有成人的肩宽大小，四副螺旋桨分别位于十字形的四端——是与之前种类完全不同的无人机。机体名分别叫芬里尔和耶梦加得。再加上他口袋里的海拉，这些无人机都是根据洛基的子嗣起的名字。

“因为无法接收声音信号，所以有事找我的话就用笔写下来给我看吧。‘是’的话，我就控制着无人机上下移动两次；‘否’的话，就控制着无人机左右移动两次。当然，我基本上会按照自己的喜好在馆内参观，你们也不用照顾我。”

“没问题！”

六骑调试完毕后，便操纵着芬里尔和耶梦加得飞了起来。遥控器经过他的改造，可以单手同时操纵两架无人机飞行。

剩下六位成员也纷纷下了面包车。

“那么，待会儿见咯！”

“嗯，你们小心。”

六骑留在了车里，其他人则沿着来时的路走进了岔路。芬里尔和耶梦加得跟在他们后面。

走过短短的岔路，众人来到了一处开阔的地带。

正前方是个向下的斜坡。御出院在斜坡上建了台阶。

站在开阔的地带向下望去，能依稀地看见一座豪宅的轮廓。

探险部成员们被眼前的光景迷住，一时间沉默不语。他们各自都怀揣着自己的想法。

透在感叹——虽然前一阵子归乡的时候刚来看过，但是这座豪宅无论看多少次都很壮观啊！

足彦心中做好了觉悟——诸神黄昏终于要开始了。

玲亚心中充满了不安——看到实景后，心里果然隐隐作痛……透和足彦到底在想什么？

零在戒备着——大小姐看起来有些伤感。虽然得小心透和足彦，但是猪知郎也不得不防。

林檎心中充满了敬畏——御出院大人果然是绝世的天才！

猪知郎充满了怨恨——妈妈，等着看好了！我一定会复仇的！

在众人准备进入瓦尔哈拉的时候，猪知郎瞅准空隙，掏出数码相机，偷拍了一张玲亚的照片。和手机[①]不同，数码相机的快门声可以静音。

然而，猪知郎并未发现，他的一举一动都被零看在眼里。

*

瓦尔哈拉建造在明日台地上。台地的侧面是险峻的悬崖，整个台地如同一张桌子，想要从周围的低洼地带爬上台地顶端是不可能的。而沿着低洼地带从北至西南方位，则是一片比台地还要高的悬崖。因此，即便希望川就在悬崖的西边，但从西岸进入台地是十分困难的。

御出院在考察地形后，提出要从东岸前往台地。于是，他命

---

① 日本为了防止手机偷拍，所有的手机都有很响的快门声。

人建造了一座横跨东岸至明日台地的弧形混凝土桥。这座大桥的特征是三条平行的桥身，分别涂上了红、绿、蓝三种颜色。这便是连接人界（米德加尔特）与神界（阿斯加德）的三色彩虹桥。

这种忠实再现神话背景的设计让“吵闹派”的情绪高涨起来。

“机会难得，那我就选红色①好啦！”

足彦的潜台词似乎没有人在意，大家都忙着挑选自己喜欢的颜色。

在渡桥的过程中，透不分场合地说道：

“你们说这座桥会不会因为年久失修突然断裂哦……”

“别说这种不吉利的话！”玲亚有些恼火，“要是从这种地方掉下去的话就死定了！”她向桥下看了一眼，不由得打了个冷战。

幸好，桥并没有断裂。众人有惊无险地到达了明日台地。

彩虹桥的西侧，伫立着一尊雕像。一名宛若天使的男性正吹着号角。

“喂，这个人是谁呀？”

面对透的问题，足彦回答道：

“他是神界的守门人海姆达尔。因为听觉和视觉都异常敏锐，所以被委派监视彩虹桥。多亏了他的听力和视力，在巨人军团攻入阿斯加德的时候才能第一时间发现，并吹响了号角——揭开诸神黄昏序幕的号角。”

“这样呀……这么说来，这里应该也有其他神明的雕像咯？”

---

① 在日本的传说中，走过红色的拱桥会让恋爱的愿望实现。

“我们八年前在这里玩捉迷藏的时候，不是看见了很多雕像吗？你忘了？”

“是吗？我完全记不住了。”

“八年前？”林檎突然开口问道，“八年前……难道说御出院大人……不，那个叫御出院的有钱人刚去世，你们就溜进来捉迷藏了？”

平时沉默寡言的她突然搭话，足彦多少有些惊讶，不过还是老老实实地回答道：

“因为我们都想来这座豪宅里探险，于是我就和透还有其他几位朋友一起进来玩了一会儿。虽然是非法入侵……”

“我们现在不也是非法入侵吗？”透豪爽地笑着打圆场。

“呵……没想到你们二位从那时起就有成为探险部成员的素质了。”

林檎嘴上夸奖着二人，心中却暗想：没想到，这两个混蛋早已污染了这片圣地。话说回来，八年前的话……和那个几乎是同一时期发生的事吧？

两架无人机依然紧紧地跟在众人的身后。

玲亚朝着其中一架无人机挥了挥手，喊道：

“怎么样，六骑，看得到吗？哦，对了，他好像听不到我说话。”

她拿出铅笔和笔记本，写下“看得见吗？”的字样，放在无人机的镜头前。无人机似乎受到指令，点头似的上下移动了两次。

“哎呀，真可爱！”

玲亚开心地叫道。看到她这副样子，零心中暗想：她果然是在强颜欢笑啊……

瓦尔哈拉周围是高耸的城墙，两扇厚重的城门正对着彩虹桥。有一条大蛇的雕像以波浪形围绕在城墙的外围。大蛇的头部在城墙东南角的最顶端，朝北方张开大嘴。

“那个我也知道哦！是叫……什么什么加得的大蛇！”透憋了半天只想出两个字。

“耶梦加得。”足彦替他补充了前两个字。

“为什么要建耶梦加得的雕像呢？它不是神明的敌对阵营吗？”

“估计要展现诸神黄昏（最终战争）已经开始——这样的末日情结吧。”足彦分析道。

透看见城门已被打开，转身询问足彦。

“八年前我们是从这里进去的？”

“你这家伙，真的什么都记不住了啊！我们让一个擅长爬树的伙伴顺着大蛇的身体翻过城墙，然后让他从里面把门闩打开的。现在门还开着，是因为我们当年离开的时候没法从里面锁门。”

“啊，是啊是啊！我好像慢慢回想起来了！”

“真的吗？”

在说着话的工夫，众人已经穿过了正门。

下一刻，他们异口同声地叫了出来。

“门也太多了吧！”

出现在他们面前的西式建筑，正是瓦尔哈拉的本馆。因为是两层楼的建筑，所以并不算很高，但是占地面积很大，而且四面都有无数扇门扉——总共五百四十扇。除此之外，建筑的墙壁由长矛并排拼接而成，屋顶也由盾牌铺就——完全再现了原作中的场景。

“咦，那边金闪闪的建筑是什么呀？”

玲亚指向的是位于本馆东南部的一栋小型建筑。建筑的墙壁闪耀着金色的光芒，不知是镀金还是纯金材质打造。本馆有几扇窗户，不过黄金建筑四面都是不透风的墙壁。

此外，黄金建筑的西侧是巨狼芬里尔的雕像。它以上半身突起的姿态镶嵌在南侧的城墙上。石像周围的城墙上故意雕刻出龟裂的纹路，仿佛是在还原诸神黄昏中芬里尔冲破城墙、入侵瓦尔哈拉的场景。芬里尔面朝本馆的方向，如同原作叙述那样“上颚接天，下颚触地”的气势，张开血盆大口。

芬里尔的西边——整个区域的西侧，是一片庭院。庭院里还原了世界树和位于其三条粗大根部的泉水①。当然，这里的世界树没法造得像神话故事里的那样巨大，树顶大概和本馆差不多高。

关于黄金建筑，足彦解释道：

“那是神话里记载的位于阿斯加特南端的‘黄金宫殿’津利——也就是核避难所。”

“真的吗？我还以为核避难所要造在地下呢！”

“是呀，一般情况下是这样。但是御出院为什么会把核避难所

---

① 世界树下有三条巨大的根。第一根深入阿斯加特（巨人居所），根下是兀儿德之泉；第二根深入约顿海姆（雾之国），根下是密米尔之泉；第三根深入尼福尔海姆，根下是赫瓦格密尔之泉。

建在地面上呢？”

“真是搞不明白。在调查本馆之前，我们先去那里看看吧！”

这位大小姐看起来对核避难所颇感兴趣。她二话不说便朝着津利的方向冲了过去。其余五人有些无奈地跟在她的身后。

在前进的路上，零故意落在队伍后面，有意识地和猪知郎保持并排，用只有他能听见的声音警告道：

“猪知郎。”

“怎么了，前辈？”

零一瞬间有些烦躁，却还是装作一副强硬的姿态。

“我开门见山地说了。你刚才偷拍了玲亚的照片对吧？能把照片删了吗？”

猪知郎立刻露出狼狈的表情，声音也有些颤抖：

“你……你在说什么啊？我才没拍！”

“真的吗？那你把数码相机给我看看吧。要是没有玲亚的照片的话，给我看看也没什么关系吧？”

“哎呀……这里面有我的个人隐私！”

“既然害怕别人侵犯你的隐私，那你为什么还要侵犯玲亚的隐私呢？”

“……”

“如果你实在不愿意给我看数码相机的内容，那么我就要向在场的所有人公开了哦。这样一来你就会彻底失去玲亚的信赖，之后再也没法接近她了吧？”

“……我会删掉的。我删掉还不行吗？”猪知郎怄气地拿出数码相机操作了一通，“好了，已经全部删掉了。”

“以防万一，我要检查一下。”

猪知郎的笑声很具有攻击性。

“真是纠缠不休啊！给你看好了……随你调查到满意为止！”

零接过相机，开始逐一确认里面的照片。

猪知郎在一旁嘲讽道：

“你就这么不信任后辈吗？”

（从我们相处的时间来看，还远没到我可以信任你的时候。）

零在心中暗想。然而这句话并没有说出口。相机里玲亚的照片似乎全部被删干净了。零把相机递了回去。

“玲亚前辈的侧脸实在是太美了，我不由得……”

“如果只是这种原因就好了……你还有其他目的吧？”

“我还能有什么目的嘛！”

“现在我们算是非法入侵吧？留这样的证据会对她不利。”

“……你还真是条忠犬呐……”

猪知郎揶揄道。

（不，是恶狼才对！）

零看向芬里尔的雕像，在心中喃喃说道。

“你们这是怎么了？在做什么呢……快点过来！”

早已到达津利门前的玲亚向两人招手。零和猪知郎加速向前。

津利北面墙壁的东侧，有一扇厚重的金属门，与本馆分布在四面八方的门扉形成了鲜明的对比。金属门此时向外打开，外侧虽然安装了普通的门把手，但内侧的锁类似于是潜水艇的舱口，需要旋转方向盘才能上锁。

“门是大小姐您打开的吗？”

“不是哦。一直是打开的。”

“这是我在八年前打开的。”透说道。

“这个你倒是记得很清楚嘛。”足彦有些惊讶。

“是啊，这扇门我印象实在是太深了。”

“怎么回事？”玲亚好奇地问道。

“捉迷藏的时候，我就躲在这里面。但之后没有一个人来这里找我，实在没办法，我就出去了。”

“那时候我们找不到你，都很担心来着。你出现以后说自己忘记了之类的借口……我们当时可生气了！”

“抱歉抱歉！”

回忆的话题结束后，众人一齐朝室内望去。里面有一条狭长的通道，左半边堆满了瓦楞纸箱，高度快到天花板。通道的长度大概只有二十五米左右就到了尽头。

“核避难所就这么点？”玲亚看上去有些失望。

“不是哦，”足彦提醒道，“从建筑物的大小来考虑，这条通道的右侧应该还有一片很宽阔的空间才对。所以右边的墙肯定有入口……看，在这里！”

他借助手电筒的光线，在墙壁上寻找着入口。终于，他在最里面找到了一扇和正门完全相同的金属门。

“核避难所为了隔绝放射性物质，通常都由两道门构成。这条通道就是所谓的前室吧？”

“原来如此。”

众人纷纷进入正门，来到了前室内部。六骑似乎判断金属门过于狭窄，不够无人机通过，所以选择将两架无人机停在门外面。

六人沿着墙壁和瓦楞纸箱中间的小路按照纵列前进。

“我当时移动了几个箱子，弄出了一个空间，就躲在这里！”透有些得意地说道。

堆在一边的瓦楞纸箱很多都破损了，从外面能看到箱子里面的压缩饼干和罐头。

“竟然准备了这么多干粮……看来他对核战争到来的预言深信不疑呐！”

“不过，在那之前自己却离世了。”

“我老妈听到御出院病逝的消息时，可是失望透顶呢！”透回忆道。

众人来到了通道尽头的金属门前。玲亚把手放在门把上。然而……

“咦？怎么打不开？”

“估计里面上锁了吧？”透没有多想，脱口而出。

“对哦，里面上了……”玲亚的话只说到一半便戛然而止。

“怎么了？”透问道。

“奇怪……”

“哪里奇怪了？”

“你说是门上了锁，那么究竟是谁、又是如何上的锁呢？”

“你问是谁……那不就是御出院在活着的时候从门外……”

玲亚用力摇了摇头。

“不对，这不可能！你仔细看看，这扇金属门上既没有钥匙孔，也没有电子锁。不可能从外面上锁！”

“哦！确实啊！那为什么会打不开呢？”

“如果这扇门和入口处的金属门结构相同的话，那么对面应该有个带转轮的把手。只要在里面转动把手的话，就没法从外面打开了。”

“咦……你的意思是里面有人吗？”

“很有可能哦！如果考虑到里面人的身份，那就只可能是建造瓦尔哈拉的御出院了！他装作自己因病去世，实际上一直在里面生活呢！”玲亚对自己的猜想感到有些激动。

“不，怎么说都不太可能吧……”足彦立刻泼了她一头冷水。

“唉……果然不可能啊……”玲亚轻描淡写地收回了自己刚才的猜测，“我的假设其实还挺浪漫的……”

“我猜可能是御出院在外面用遥控器之类的东西把门锁上的吧？虽说是核避难所，但平时也只是用来储存粮食的仓库。和我们会在院子的仓库外面挂上扣锁一个道理。”

足彦提出了一个符合常识的假设，于是这个话题就此结束。

众人沿着通道折返。

正门还保持着众人进入时的状态。

走出金属门的时候，两架无人机像等待家人归来的双胞胎一样出现在众人面前。

“久等了，六骑。”

玲亚把在里面的所见所闻在笔记本上简单地总结了一下，展示在其中一架无人机的镜头前。无人机也立刻上下盘旋了两次，仿佛在做着点头的动作。

“唉，没能看到津利里面的样子，太遗憾了！希望本馆能给本大小姐带来更多惊喜吧……”

玲亚朝着本馆走了过去。其他人也顺从地跟在她的身后，简直就像她的五名忠实的仆人一般。

*

本馆的五百四十扇门都敞开着。

“这也是你们干的好事？”

“对，”足彦承认，“因为用五百四十扇门来捉迷藏很有趣……”

“是啊……真的太有意思了。”透沉浸在回忆里。

“哼……”

玲亚稍作思考后，向众人提议道：

“那我们现在玩吧……捉迷藏。”

“咦，现在吗？”足彦有些困惑。

“不错哦！玩捉迷藏吧！”透也赞同玲亚。

“嗯……真的要玩吗？”足彦面色阴沉。

“有什么好抱怨的？大学生就不能童心未泯吗？”

（我看你是任性吧……）

足彦心里暗想。终究没敢说出口。

“不是童心的问题。如果人员过于分散可能会有危险。这里的地表有可能会崩裂……”

“没事的，放心好啦！”

最后，还是嗓门较大的玲亚和透力排众议，其他人也只好表示同意。

玲亚在笔记本上写下了“你也要玩捉迷藏吗？”，拿到了无人机的镜头前。

“估计没戏吧？”

零在一旁喃喃地说。

正如他料想的那样，无人机左右盘旋了两次——也就表示“否”。接下来，两架无人机便离开了众人的视线。

“啧！真没劲。”

“不，六骑同学之前不就说过了吗？他要按照自己的喜好在馆内参观。”

猪知郎替六骑解释道。

猜拳的结果，由透来当“鬼”。

“摸到城门的柱子就算你们胜利了。”

透宣布完规则，便趴在门柱上，闭上了眼睛，嘴里开始倒数三十秒。

在此期间，其他五人从东面并排的门扉里进入馆内。

他们打开了手电筒，照亮了一片漆黑的馆内……

馆内像被遗忘的玩具箱，阴沉、安静、乱糟糟的。之所以说是乱糟糟，是因为观赏植物和绘画、座钟等物品都散落在地面。

一行人此时正站在一条很长的走廊上。背后的墙壁，排列着无数扇门扉，其中就包括众人刚才进来的那一扇。走廊在两边的尽头都有转角，看起来是一条围绕着馆内的回廊。

正面左右两侧分别并排摆放着四尊瓦尔基里像。雕像一左一右，面向对方。这里就是整个馆的入口处。入口的左边通向靠南的走廊，右边则是通往二楼的楼梯。

“那我们就在这里分开吧。”

玲亚发号施令道，众人各自离开。

玲亚并未往里走，而是沿着走廊向右前进。馆外那一侧的墙壁上排列着无数门扉，不过对面的墙壁上同样也有好几扇门。其中有一扇门的中间开了一个小洞。她从小洞往里窥探——里面是一个小房间。

玲亚决定躲在小房间里，从房门的小洞监视外面的情况——透一旦靠近，或者从左侧一个个房间排查走廊的话，自己就有足够的时间冲出房间，以最快的速度摸到门柱。

玲亚打开房门，走进小房间。

零也跟在她后面进了房间。

“呀！”玲亚有些惊讶地提出抗议，“如果两个人躲在同一个地方，很容易被一网打尽的！你快出去！”

“我的工作是保护大小姐您的安全。”

零平静地解释道。

“哦，好吧。那你快把门关上。”

零按照玲亚的指示关上了房门。

玲亚环视房间。这是个类似客房的小空间。和入口处一样，房间里的物品也散落在各处，就连抽屉都被抽了出来。整个房间就像被贼闯了空门一样。

玲亚低下头，沉浸在思虑中。

“您是有罪恶感了吗，大小姐？”

“嗯，有点……”

“您无须放在心上。这并不是大小姐您的责任，而且这也不是父亲——老爷的错。”

“我知道！可是真的亲眼看见这一切以后，就……”

她背过脸去，不想让零看见自己的表情。

“大小姐……”

零把手放在玲亚的肩膀上。

玲亚立刻甩开。

“别随便碰我！”

她有些心烦。而回复她的是那句自己已经听烦了的台词：

“非常抱歉。”

真无趣。

“哎呀……看看外面的情况吧！”

玲亚走向门边，凑近房门的小洞，窥探外面走廊的情况。然而，她失算的是，从房门的小洞只看得到正对面的情况，因为角度的原因，无法看到入口。当然，声音也是听不到的。

“唔……这样的话就没法观察敌情了。”

就这样，时间过了将近五分钟。

玲亚等得有些不耐烦，对零说道：

“啊！管他呢！突击吧，突击！刚才你不是说要保护我吗？”

“好的。”

“那你就担当斥候，先出去查探情况吧。如果走廊安全的话，你就随便打开一扇通往外面的门。如果透不在城门附近的话，我们两个人就一起冲过去！”

“知道了，知道了。”

零把房门打开一条缝，把头先探了出去，走廊里空荡荡的。

接着他来到走廊上，打开了一扇通往外面的门。本馆的东边也没有人。

零朝着房内招了招手。玲亚也快速地离开了房间，两人向着城门冲刺。中途两人也并没有看见透的身影，他们顺利地摸到了门柱。

“哼，这么顺利反而没什么意思了。透在哪里偷懒呢？”

“恐怕去了二楼吧……”

零的话说到一半就停住了。

“怎么了？”

玲亚看向了零。他呆呆地看向津利，身体有些僵硬。玲亚顺着他的视线看去……

津利的金属大门敞开，门前躺着一个人。

“喂！没事吧！”

两人急忙赶上前去。

透仰面朝天地倒在地上。

当他们仔细查探情况的时候，立刻就察觉到了对方身体的异常。

一把小刀刺进了透的胸口。他的表情痛苦而扭曲，眼睛睁得很大，却一眨也不眨。

“透！没事吧，透！”

不管零怎么叫喊，对方都没有丝毫回应。

玲亚有些胆怯地说道：

“不会是死了吧？”

“不清楚，但恐怕已经……总之先通知大家吧！大小姐就留在这里……不，还是请跟着我吧！”

“好的。”

两人把透留在原地，折返回本馆。

*

这时，飞鹰六骑正生着闷气。

“怎么就玩起捉迷藏了啊！强人所难！无人机怎么可能跟得上人类的动作嘛！”

（不是你自己说“你们也不用照顾我”的吗？）

口袋里的海拉揶揄道。六骑咳了一声，赶紧换了个话题。

“话说回来，为什么只有一楼的窗户被打破了？”

（怎么回事？）

“你看看左边的画面。”

笔记本电脑上左右两个窗口分别显示着两架无人机拍摄的画面。左边的是芬里尔的画面，此时正在拍摄本馆的外墙。二楼的窗户几乎都完好无损，与之相对的是，一楼窗户的玻璃超过半数都碎裂了。

（的确有些奇怪。会不会过去在一楼发生过战斗？）

“难不成你说的是反叛众神的巨人军团闯入瓦尔哈拉的那次战斗？”

（这个“瓦尔哈拉”会不会也像北欧神话里描述的那样，被人袭击过？）

“不清楚……”

接下来，六骑操纵在回廊待机的耶梦加得，从本馆南侧的门来到了外面。

“嗯？”

六骑察觉到了异样。

津利的金属门前躺着一个人。

不……是倒下了吧？

有人躺在地上——已经算是十分异常的情况，可接下来发生的一切更令六骑感到震惊。

那个人影好像被人拖到了津利的内部。

六骑控制着耶梦加得加速往津利的方向赶去。

耶梦加得来到了津利的门前。六骑打开了机体上的探照灯，查探前室内的情况。

狭长的前室左半边堆满了瓦楞纸箱，只空出一条狭长的通道。在通道的中间，有个人仰面朝天地倒在地上。

“透！”

六骑操纵着耶梦加得进入了前室。赶到透的身旁时，才发现他的胸口插着一把小刀。痛苦的表情、睁开的双眼，曾经亲眼见过尸体的六骑立即明白了，眼前的透已经死了。

出现在显示屏中的尸体。这既非什么恐怖电影，更非谁恶作剧合成的吓人照片，而是现实中的同伴的尸体。

（真的吗？透真的死了吗？）

海拉有些不敢相信。

“我也不愿意相信啊！但是我们迄今为止也见过不少尸体了吧？很遗憾，透真的已经死了。”

（是、是啊……）

透……

“乘坐无人机飞行抓捕犯人”——第一个举双手赞成六骑的想法、把他拉进探险部的透。如果没有他的话，也不会有现在的六骑。

不拘小节、豪放磊落的憨厚青年。

这样的人竟然会死——而且很可能是被杀的。

究竟发生了什么？自己必须调查清楚。

就在六骑有些混乱的时候，电脑屏幕上耶梦加得的窗口突然暗了下来。

（出什么事了？）

六骑操控耶梦加得掉了个头。

出现在画面上的，是通往外面的金属门被牢牢关上的景象。门前并没有人影。想必是有人从外面把门关上了。

“什么?!”

六骑慌张地控制耶梦加得朝着入口处冲去。然而眼前厚重的金属门已经完全关上了。

下一秒，耶梦加得的画面就变得一片漆黑。并非探照灯被六骑关上，而是因为核避难所的外壁把信号屏蔽了。

也就是说，耶梦加得和透的尸体被一起关在了前室里。刚才关门的人恐怕就是杀害透的凶手。凶手把尸体拖到前室后，便藏身在瓦楞纸箱的背后。趁六骑在调查尸体的时候偷偷离开了。

只要没人打开屏蔽信号的金属门，六骑便无法控制耶梦加得。不过唯一的好消息是，虽然凶手从外面把金属门关上，但并没有上锁。因此，如果有探险部的成员看到津利的大门关上，一定会觉得奇怪。到时候他们就会从外面打开金属门。

现在自己能做的，就是通知他们这里发生了异常事态。

“黑羽的继承者”如今被人折断了一只翅膀。不过，另一只翅膀依然能够派上用场。

六骑操纵在本馆外待机的芬里尔，开始搜索同伴们的踪迹。

*

透被小刀刺中了胸口，恐怕已经死了，恐怕是被人杀害的。

总之，要先把这个消息通知大家。

零和玲亚回到了本馆。

馆内和刚才一样，寂静且昏暗。同时，和刚才不同，现在的两人明显感觉到，有某种邪恶的气息在馆内飘浮着。

“出事了！停止捉迷藏吧！”

零放声高呼。然而，并没有回应。

“透他死了！”

依然没有回应。其他人应该没听见吧。

“我们分头搜索吧。我去回廊找，你从入口的楼梯上二楼……”

玲亚分配好搜索范围后，正准备朝着回廊前进。零一把抓住了她的手腕。

“等等！碰到凶手怎么办？还是一起行动吧！”

他严肃的语气让玲亚清醒过来，再次认识到事情的严重性。对于零抓住自己的举动，这次总算没说“别随便碰我”这种话，反而是自己主动牵起了对方的手。

两人沿着回廊搜索着房间。

内心的恐惧感，让两人没敢踏足未知的领域，而是选择自己已知的范围搜寻。比起不知道会发生什么的二楼，还是随时都能逃到外面的走廊要相对安全一些。

是的，恐惧感。

虽然零刚才用了“凶手”这样的字眼。

但是，这个地方，除了探险部的成员以外，不可能有其他人。

因此，凶手只可能在探险部的成员之中。

零和玲亚一直都一起行动。两腿骨折的六骑在馆外的车中等待。

用排除法，凶手就是足彦、猪知郎和林檎——他们三人中的其中一人。

无论凶手是谁，其中一名同伴杀害了另一名同伴，这都是无可争辩的事实。

一想到这里，恐惧感便让两人不由自主地减缓了前进的速度。

即便如此，他们还是沿着回廊，一扇扇地打开了内侧的房门。很多房门的里面并非二人之前藏身的小房间，而是其他的通道，说明本馆内部的构造极其复杂。如果捉迷藏继续进行下去，那么当“鬼”的透恐怕要陷入苦战了。

看着内部的构造，沿着分支的通道一个个找过去不太现实，于是他们决定先绕着回廊找一圈。

然而，他们依然没有遇到其他成员。

也许应该放弃搜索，先回到城门处等待吧。

就在零准备放弃搜索的时候，他看到回廊外面的庭院有人影闪过。

他连忙带着玲亚从本馆北面的门来到了庭院。他们看到了正悄悄地接近门柱的某人的背影。

黄色的衣服——是猪知郎。

二人向着猪知郎赶了过去。

他们从本馆的北边绕到东边的时候，猪知郎正好来到在门柱前。看到两位前辈接近后，猪知郎抬起一只手，不紧不慢地说道：

“啊……前辈们！趁现在，快点过来吧！”

“现在不是捉迷藏的时候。大事不好了！”

看着零严肃的表情，猪知郎的声音也有些僵硬。

“发生什么事了？”

“你看那边。”

零指向了津利的正门……然后便呆立在原地。

“不会吧！”

玲亚也失声嚷道。

原先倒在津利门口的尸体消失了。

不明情况……也许是装作一副不知道的样子，猪知郎有些不可思议地问道：

“津利那边发生什么事了？”

“是透他……”

零说着打算朝津利跑过去。

就在这时，在本馆东侧的一排门扉中里，有人从其中一扇门中钻出。三人一齐望了过去。

紫色的衣服——是林檎。

“透前辈他……不在吗？”

她依次看向在场的三人，确认“鬼”不在其中。这种事在她离开本馆前就应该确认好。不过，从她悠闲地靠近三人的样子来看，她应该完全没有参与捉迷藏的想法。不过终归要遵守规则——她走到了门柱前，用手碰了一下。

猪知郎有些出神地看着林檎，接着又转过头来问道：

“然后呢？透前辈他怎么了？”

零做了个深呼吸。

“你冷静地听我说……林檎也是。透他……被小刀刺中胸口，死了。但是他的尸体刚才消失了。”

“什么！”

猪知郎有些夸张地大喊道。林檎也倒吸了一口凉气。

无论是猪知郎和林檎的反应，还是自己刚才说的话，都让零没有什么真实感。

可事实上，透的尸体的确消失了。

难道自己看到的是幻觉吗？

不，那并不是幻觉，而是铁一般的事实。

必须弄清楚透的尸体被藏到哪里去了……

“你们跟在我后面！”

零带着其他三位成员向津利前进。

“透他原先就倒在这里。”

“这应该……不是你看错了吧？”

猪知郎战战兢兢地问道。

“才不是呢！我也看到了！”

玲亚的声援给了零些许勇气。没错，自己应该清楚地看到了尸体。可问题是，尸体现在到哪里去了……

零环视周围。

接着，他便发现了某种异常情况——津利出入口的金属门被关上了。他记得在发现尸体的时候，这扇门应该是打开的。

零回过头去，对自己同父异母的妹妹说道：

“玲亚……不，大小姐，这扇门刚才还是开着的吧？”

“咦？对呀！没错，这扇门刚才是开着的！”

可现在却关上了。

难道，尸体就在里面吗？

零伸手抓住了门把——金属门却打不开。

门把可以转动，但是门却丝毫拽不开。如果记忆没错的话，这扇门是向外开的。

以防万一，零又抓住门把向内侧推动。可厚重的金属门依然纹丝不动。

“前辈，换我来试试吧？”

猪知郎提议道。

“好，那交给你了。”

零让到了一边，猪知郎来到了金属门前。然而即使换了个人，结果依然是相同的。

“打不开啊……”

猪知郎松开抓住门把的手，回头望向零和玲亚。

“金属门内侧的锁好像是潜水艇阀门那种方向盘类型的。也就是说，只能从内侧上锁。有没有这种可能性——你们二位在发现透前辈的时候，他其实还有一口气。当你们离开去找我们的时候，他在弥留之际，下意识地想要摆脱凶手的追杀。于是他便爬进了前室，关上金属门并上锁。”

零回忆着刚发现透的情景——那时候，透还活着吗？

不可能……

“的确，我虽然没有试探过透的脉搏，但我喊了他很多次都没有回应。而且当时他表情扭曲，瞳孔也放大了，眼睛一眨不眨的。所以应该已经死了。”

“是呀，我也觉得他确实死了。”

“那究竟……”

猪知郎的表情满是困惑。

零突然想到某种可能性。

“金属门打不开的原因应该只有一个吧？是凶手啊！凶手和尸体一起被关在了前室里面！”

“凶手？！”

猪知郎有些惊恐地离开了门边。不过他马上就冷静了下来，反驳道：

“但凶手为什么要做这种自断退路的事呢？”

“可能类似于不小心打碎盘子的少女，拿着碎片躲进了自己的房间……”

一直沉默不语的林檎突然喃喃自语。

“等等……”玲亚突然大声地叫了起来，“如果按照你的假设，那凶手就是……”

零点了点头。

“对啊，只有一个人不在这里——足彦。”

当“足彦”两个字刚说出口的时候……

“你们喊我？”

众人身后传来了漫不经心的声音。

在场的四人同时转过头去，只见某个身穿绿色衣服的人物从城门附近朝这边走来。

那正是刚被众人指认为嫌疑犯的足彦。

“怎么会?!”

零失声嚷道。

如果足彦也在外面，那么前室里理应不该有尚且活着的人存在。

若是这样的话，为什么金属门打不开?

*

“什么？透他死了……怎么会！告诉我这不是真的!”

在听闻透的死讯后，足彦有些激动地逼近零，用力地摇晃他的双肩。

零摇了摇头。

“很遗憾，透他真的死了。”

“透!”

足彦失去了往日的冷静。他冲到金属门前，用力扭动把手。

然而，无论他怎么用力，金属门都纹丝不动。

“混账！为什么？为什么打不开?!”

他悲伤地叫喊道。虽然他并没有让谁来回答这个问题，但零还是在他身后回答道：

“我也不知道。刚开始我还以为凶手躲在里面，但现在我们所有人都在场……”

刚说到一半，零突然想到了某种极其恐怖的可能性。这种震撼甚至可以匹敌他从自己生父那里得知自己名字的由来时带给他的打击。

（不，难道说……这种事情有可能发生吗?）

应该把这种可能性告诉大家！

然而这种可能性只是他的突发奇想，连自己也不太敢相信。如果搞错的话，说不定会对对方的名誉造成损害……

零有些犹豫。

接着，就在他下定决心之前……

更令众人震惊的情况出现了。

“下雨了……”

林檎抬头望向天空，喃喃地说道。

其他成员听了她的话后，也抬起头来看向天空。

他们这才意识到，不知什么时候下起了雨。

不，这种程度应该不能算是“雨”了。

暴风雨来临了。

暴风雨宛如北欧神话里的巨人军团一般向着瓦尔哈拉侵袭

而来。

“不会吧……天气预报明明说今天一整天都是大晴天……”

玲亚有些不知所措地嚷道。如果放在平时，她说不定会恶狠狠地说“我要让爸爸把气象局的职员全部炒鱿鱼”之类的抱怨。不过现在的她没有这个心情。

零也把刚才想到的假设全部抛之脑后，他的脸色很难看。

“毕竟山里的天气说变就变……”

没错，山里的天气极其不稳定。

更何况在这种高地上，暴风雨对于众人的威胁可比城市街头大多了。

下一个瞬间，五个人突然感受到迎面而来的冲击。冲击力之强，让他们误认为自己正受到旁人的推搡——然而并非如此。

暴风雨并非垂直而下，在狂风的作用下，还产生了水平方向的冲击力。

而在周围都是悬崖的高地上，这种水平方向的冲击力让众人感到了死亡的威胁。

（危险！）

猪知郎察觉到危险正要降临到玲亚的头上。然而在他喊出声之前，零已经抢先一步朝玲亚冲了过去，推开了她。

千钧一发。砖块大小的石头掠过玲亚的脑袋，向着津利的墙壁飞了过去。撞击产生的冲击力使石头变成碎片四散开来。如果被刚才的石头击中，恐怕就不是受伤这么简单了。

“谢……谢……”

玲亚想向对方道谢。刚抬起头，说到一半的话就咽了回去。

像战神托尔的雷锤一般的石块、仿佛贯穿巴德尔身体的槲寄生一般尖锐的树枝，都被卷入了风暴中，朝众人接近。

宛如龙卷风一般。

由于处在极度恐慌之下，众人都发不出声音，也抬不动脚步。

“去本馆！”

不知道是谁叫喊了一声。

“快去本馆里避难！”

以这句话为契机，众人一齐回过神来，向着本馆进发。零和足彦拉着玲亚，猪知郎帮着林檎，一行人勉强地抵达了本馆，冲进了回廊。

然而，情况依然不容乐观。因为五百四十扇门大多数都开着，也有好几扇窗户被打破了——一股巨大的压力从外面涌了进来。即使身在馆内，依旧控制不住自己的身体。

“往里面逃！”

众人从并排立着八尊瓦尔基里像的入口处往里面逃去。他们没有爬上通往二楼的楼梯，而往一楼的深处走去。他们拼命地向前挪动着身体，向着更深处前进。

终于，他们从浑身动弹不得的束缚下解放了。

他们回过头去，看向自己刚刚走过的走廊——由于视野狭窄，他们只能看到三扇通往外面的门。距离较远且天气恶劣，因此外面的光线几乎无法照射到内部。他们只能依靠自己手中的手电筒来获取视野。

从入口处的门能看到断裂的树枝被暴风席卷而过。

足彦呆呆地看着外面的情形，喃喃自语道：

“透……透怎么办？”

零在一旁劝道：

“当然要尽快通知警方。不过现在外面都这个样子了，想要通过没有任何遮蔽物的彩虹桥实在是太危险了。”

“手机现在也用不了。”

玲亚有些自嘲地笑道。

“啊，对了！”猪知郎好像想到了什么似的，“用笔谈的方式把现在的情况告诉无人机，让六骑前辈帮我们通知警察吧？”

“停车的地方也没信号，应该行不通吧，”玲亚驳回了这个意见，“两腿骨折的他根本无法自力前往三豆村。而且那辆面包车有静脉认证[①]系统，六骑他没法发动。”

“不对不对！六骑前辈可是无人机侦探啊！他可以在无人机身上留下 SOS 求救信号，然后控制着无人机飞到三豆村求救啊！”

“对啊，还有那种方法！我真笨！”

玲亚赞叹道。零却投来了怀疑的眼神。

“我看未必。外面暴风雨那么强，飞到三豆村的距离也不算短。恐怕无人机不一定能顺利飞过去吧？”

刚刚自己偷拍玲亚时被零插手，此时自己的意见又被对方挑

---

① 手指静脉识别技术，一种新的生物体征识别技术。它可以依据人类手指中流动的血液吸收特定波长的光线，并使用特定波长光线对手指进行照射，根据得到手指静脉的清晰图像进行比对。

刺——对猪知郎来说，零的态度未免过于高高在上了。于是他不由自主地反驳道："那你倒是说说看，还有什么好办法呀？"

"不，我认为你的方法是我们现在唯一能够仰仗的。我只是想说别对它太过于期待而已。"

"这个人就是这样，一直很悲观的。"

玲亚在一旁冷言冷语。

"是大小姐您过于乐观了。"

玲亚瞥了对方一眼，挖苦地问道：

"你这话都是真心的吗？"

零的视线并没有看向对方：

"……这可不好说。"

他们两人应该十分了解彼此，因此才会有这样仿佛情侣的对话——对玲亚单方面有好感的足彦心中充满嫉妒。接着，他便意识到，明明好友刚刚去世，自己却在这重要关头只想着儿女私情。他被自己的想法震惊，又感到深深的悔恨。

"好吧，那就把要通知六骑的内容先写下来吧。"

玲亚用铅笔在笔记本上写下了目前发生的一系列状况。

"……写完了！之后只要找到无人机就能直接给六骑看了。"

"可目前这种情况，连回廊上都很危险，更别说去外面寻找无人机了。"

"也是啊。要是无人机能进馆里找到我们就好了。"

说曹操曹操到。

"无人机！"

林檎指向入口处。

众人一齐看向她所指的方向，六骑的无人机像是雨天夜宿的旅者一般从本馆东侧的门外面飘了进来。在暴风雨的影响下，无人机剧烈地摇晃着，看上去六骑操纵起来也极其困难。不过，在进入馆内以后，无人机的行动就逐渐稳定了下来。它停在了入口处的正中央——八尊互相对视的石像中间。

无人机的摄像头朝向众人。不过，不知是因为馆内太黑了看不见，还是馆内的信号差，无人机一动不动地停在原处。

于是，在场的成员决定主动接近。

靠近无人机后，无人机的镜头仿佛也捕捉到了众人的身影，开始上下欢快地盘旋起来。

“你也受尽苦头了呢！”

玲亚拍了拍机体，仿佛在安慰他一般，接着把事先写好的笔记放在了摄像机的前方。当然，在笔记的最后，她加上了“能不能去三豆村求援？”的字样。

无人机先是一动不动，应该是显示器那头的六骑正在仔细地看着笔记的内容。终于，无人机左右地移动了两次。这是否决的暗号。

“你这个人！怎么关键时刻不帮忙呢！”

玲亚怒气冲冲地在纸上用力地写下“为什么不行”，无人机依然在原地一动不动，仿佛有什么难言之隐。

“大小姐，你写下的必须是六骑能用‘是’或者‘否’来回答的问题才行——不过，他拒绝的原因，大概就是我刚才说的那些吧？”

零从玲亚的手中拿过铅笔，在笔记本上写下“是因为风太大了吗？”，无人机上下移动了两次——六骑仿佛在说“的确如此”。

“也就是说，我们必须等到暴风雨结束才能离开？”

猪知郎垂头丧气地总结道。

没错，此时的他们正陷入“暴风雪山庄”的绝境之中。

“如果……”

仿佛从黑暗中自然孕育的声音一般，林檎开口了，“暴风雨长时间不停呢？”

“别说这种不吉利的话！”

猪知郎有些激动地说道。林檎却没有任何反应。

“没关系的，一定是阵雨，很快就过去了。”

作为二人的前辈，零劝解道。众人看起来也接受了这种说法。

不过，刚才林檎说的话在他们心中挥之不去。

如果暴风雨长时间不停呢？

该怎么办？

他们总不能一直待在这座馆内。

*

通过芬里尔的摄像头，飞鹰六骑看到了玲亚写下的内容。同时，他也意识到，这起事件比他想象的还要麻烦。

津利的大门无法打开？

的确，从耶梦加得失去控制以来，左半边的画面一直漆黑一片。这也就意味着，可以屏蔽信号的金属大门一次也没有打开过。

但是，为什么会这样？

明明不可能有人在前室锁上大门。

他在混乱中看完玲亚写的内容，末尾是这样的：能不能去三豆村求援？

六骑稍作思考，便控制着无人机左右移动了两次。

画面中的玲亚立刻就发起火来。

同时，六骑口袋里的海拉也生气了。

（你怎么回事？为什么要拒绝啊？！）

六骑一边应付着屏幕前的探险部成员，一边向海拉解释道：

“原因很简单。第一，也是最重要的一点，遥控器的信号范围是达不到三豆村的；第二，暴风雨太强，不利于操纵无人机；第三，这个地方的视野完全被树木所覆盖，无法通过无人机确认目前所处的位置。根据以上的理由，就算同意出去求援，无人机也一定会在半路上坠毁。”

（虽然理论上是这样，但求援这种事一定要争分夺秒。就算机会很渺茫我也要试试。）

“不行，我不想失去你。”

（他们可是活生生的人类啊！我只是架无人机而已，就算坠毁也……）

“不准说‘只是架无人机而已’这种话！”

六骑怒吼道。同时，伴随着雷鸣声，电光也在附近炸裂。

车内顿时陷入了沉默。

雨点密密麻麻地敲打在车身上，暴风顺着车窗的缝隙呼啸而来。可即便如此，六骑依然感到了一阵令人窒息的安静。

率先打破沉默的人是六骑。

“……刚才对你大吼，抱歉。当然，我也并不打算抛弃同伴。我肯定会负起责任，去三豆村求援。”

（咦？你要怎么去啊？）

“就算脚派不上用场，我还有双手。就算爬也要爬到三豆村……”

（太胡来了！比起你这种方案，还是让我飞过去靠谱……）

六骑并没有等海拉说完，而是把装着它的大衣脱了下来，放在了身后的座位上。

“麻烦你看着车子！”

（等等！）

对于海拉的劝阻，六骑充耳不闻。他用力拉开了车门，向外面滚去。

他跌落在一片泥泞中。泥点飞溅到他的脸上，身上的衣服也被弄得脏兮兮的。他保持着匍匐的姿态，用手肘支撑着上半身的重量，一点点向着前方挪动着。集中在树顶的水滴变得更大，仿佛沉重的石块一般无情地击打在他的后背上。

从这里到三豆村的路极其遥远，一想到这儿，就让人忍不住放弃。可六骑依然毫不犹豫地开始缓慢地匍匐前进。

六骑就像一只翅膀受伤的鸟儿一般，在泥泞的国道上缓缓前行。

右手边，探险部成员走过的岔路处，一群野生的老鼠窜了出来——想必是正在避难吧。它们和六骑一起在国道上爬行。当然，六骑的速度比它们要慢上许多。它们一只接一只地超过了六骑。他开始有点后悔——操纵海拉飞过去是不是更加稳妥？

不，行不通。海拉一定会在半路坠毁的。

即使坠毁也没关系，因为我只是架无人机而已——海拉这么说过。

然而，就像黑羽刑警赋予了黑白乌鸦“海拉”人格，把它当成自己的战友一样……

既然他继承了黑羽刑警的意志，那么他也必须把无人机当成自己的战友。

探险部成员的生命的确极其宝贵，但海拉和其他的无人机也同样重要。六骑无法为了救其中一方而眼睁睁地看着另一方牺牲。

因为他是“黑羽的继承者”。

没错，从八年前的那天起。

在泥泞的国道上一心一意地匍匐前进时，六骑回想了那个决定自己人生走向的日子。

那是某年的寒假，东京的郊外……

十一岁的六骑作为临时演员参加了《黑羽刑警》电视剧的拍摄。他之前报名参加了电视台官方网站发布的活动，十分幸运地被选上了。

六骑的父亲在他尚且年幼的时候就抛弃六骑母子离开了家。为了家计，母亲选择了工厂的夜班，白天在家里睡觉。因此，当时还是小学生的六骑就一个人去了拍摄现场。摄制组本以为会有监护人陪同，但看到没有监护人陪同的六骑，也不好出言回绝。于是他便顺利地参加了电视剧的拍摄工作。

除了六骑之外，临时演员还有二十多人，不过像他一般大的就只有他一人。因此，六骑在这群人中显得尤为显眼。不过，因为拍摄的舞台在住宅街，所以即使镜头中出现小孩也并不是什么奇怪的事情。

理所当然地，拍摄的工作以演员优先，因此临时演员在现场的绝大多数时间都处于等待的状态。一名戴着带檐帽、上半张脸被遮住的青年一只手拿着罐装咖啡抱怨道：

“太慢了！就算拍摄现场再混乱，也不能让人等这么长时间吧！”

然而，六骑却一点也不觉得无聊。因为他能够看到自己最喜欢的电视剧的拍摄现场——特别是能看到活生生的黑羽刑警本人和他的搭档海拉。

虽然黑羽刑警可以和所有鸟类对话，但唯独和一只叫做“海拉”的雌乌鸦关系最好。他始终把海拉放在自己大衣的口袋里。海拉因为突然变异，身体一半变成了白色，所以受到了同伴的折磨。而救助它的人正是黑羽刑警。

六骑一边喝着水杯里的热茶，一边偷偷地看着饰演黑羽刑警的男演员。他非常想要对方的签名。可不巧的是，由于拍摄的安排，六骑他们在休息的时候，演员总是在拍摄；而演员休息的时候，又该六骑他们上场……因此始终找不到开口的机会。当然，电视剧的拍摄进度本就如此。

然而，六骑终于等来了演员和临时演员同时休息的时候。恐怕此时拍摄组也在休息吧。

黑羽刑警此时正坐在折叠椅上，他把标志性的漆黑大衣也放在椅背上，拿出毛巾来擦拭着汗水。周围没有其他工作人员。

大好机会！

六骑拿出了事先准备好的色纸和签字笔，走到了黑羽刑警的面前。

“请……请给我签名！”

对现在的六骑来说，当时的行为的确出乎常理。不过当时才小学五年级的六骑还比较开朗，经常主动与人搭话。

“不行哦，小朋友！演员也很累了。”担任助理导演的年轻人跑了过来。

六骑垂头丧气地刚要回去……

黑羽刑警伸出手来阻止了年轻的助理导演，对六骑说道：

“没事，没事，好不容易有个小粉丝。来，我给你签名！”

“真的吗？”

六骑眼中充满崇拜。他连忙递上了色纸和签字笔。黑羽刑警十分熟练地在纸上签下了名字。

就在这时，六骑意识到自己犯了个错。

色纸上豪放的字体写的是演员的本名——春采太阳。这本是理所当然的。

只不过，六骑并非演员，而是黑羽刑警的粉丝。他期待的自然是“黑羽刑警”的签名。然而自己却没有事先告知对方。

色纸是自己家剩余的唯一一张，所以他没有其他可以签名的纸张。

真是重大失败。

六骑有些扫兴地低下头，呆呆地看着写着“春采太阳”字样的色纸。这时，男演员春采太阳的声音让他回过神来。

“对了对了，还得写上你的名字。你叫什么呀？”

“啊……”

正在六骑支支吾吾的时候，

“春采……现在过来一下！”

一名中年男子在远处向他招手。从中年男子的态度上看，他在剧组的地位应该比春采要高——想必是导演吧。

“抱歉，我等会儿再帮你签哦！”

春采比了个道歉的动作，朝中年男子走了过去。

虽然对方说了一会儿再给自己签名，但对六骑来说，自己不想要的签名即使写上了自己的名字也毫无意义。不过，事到如今六骑连谢谢都来不及说，春采就已经离开了。六骑只得回到拍摄组的车边，一边观察着车内鸟笼中的海拉，一边老老实实地等待。

然而，还没等春采回来，演员的休息时间就已经结束了。拍摄再次开始。于是现场再次进入了演员和临时演员交替拍摄的模式。六骑一直没有等到和春采单独相处的机会。

等所有拍摄工作都结束，太阳已经快要落山了。

临时演员当场解散。六骑拿着装有当天报酬的信封，朝演员休息处走了过去。虽然对六骑来说，这个签名他并不感兴趣，不过就这样回去的话，要是对方之后想起来再寻找或是等自己的话，会给演员带来麻烦。

此时的春采正在和刚才的中年男子讨论着什么。六骑打算等他们谈话结束后再上前搭话。当他正准备把信封放进背包，拿出之前的色纸时，他突然想到……

用刚拿到的报酬去买张新的色纸不就好了吗？

好主意，现在就出发吧！

虽然买色纸应该去文具店……但是去便利店应该也能买到吧？

六骑打算沿街寻找能买到色纸的店铺。

就在这时，背后传来了搭话声。

"真好呀，还拿到了签名……"

他回过头，是那名休息时站在他旁边、戴着帽子的青年。由于背对着夕阳，他的全身仿佛染上了黑红色的血液，六骑顿时感到一丝恐惧。

青年自顾自地说着：

"我刚才看到了哦！你去要了签名。真羡慕你能拿到春采太阳的签名……也能给我看看吗？"

如果不快点去买色纸，春采他们很可能就收拾东西离开了。

不过是给对方看看签名而已，应该花不了多少时间……

“行！”

六骑正准备从书包里拿出色纸。不知为何，青年有些慌张地制止了他。

“在这里拿出来的话不太好。”

“咦，为什么……”

“你看，刚才工作人员不是提醒你了吗？原本演员不能在拍摄现场签名，但他还是特地给你签了名……如果被其他人知道会怎么样？”

还没等六骑回答，青年就接着说了下去：

“大家就都跑去找春采先生索要签名了，到时候就会给演员造成困扰，对吧？”

原来如此，的确有道理。六骑点点头。

还有几名临时演员并未远离拍摄现场，还在附近晃悠。说不定他们也在等待和演员或导演单独说话的机会。

“所以我们去那条小胡同吧？你在那里把签名偷偷拿给我看。”

六骑跟着青年走进了小胡同。夕阳照不进来，周围有些昏暗。

六骑从背包里掏出色纸，递给了青年。

“就是这张。”

青年瞥了一眼色纸后，便有些兴奋地叫嚷出来：

“太好了……果然还没来得及署名！”

太好了？他这是什么意思？六骑还在苦思冥想的时候，青年用开朗的语气继续说道：

“我说，这张色纸，能送给我吗？”

到了这时，六骑才开始察觉到事情的异常。

对六骑来说，签了春采太阳的色纸的确没什么收藏价值。青年并不知道这一事实，却如同理所应当一样提出了这个无理的要求。

果然，青年又继续说道：

“对了，除了这张色纸以外，还有你刚才拿到的报酬也一并给我吧！”

六骑下意识地退后一步，从喉咙间艰难地吐出了几个字：

“你……是强盗吗？”

“强盗？”

青年有些惊讶地轻笑了起来。

“被你这种小鬼叫作强盗，我做人还真是失败……算了，强盗就强盗吧！我现在手头有点紧。因为临时演员不需要确认身份，所以我就申请了……没想到等了那么久，才拿到三千日元！我本想着这个临时工根本就不划算，然后就突然想到你刚才拿到的签名了。还有你拿到的三千日元的报酬，也原封不动地交出来吧！”

救命……六骑想要大喊。然而喉咙里好像堵着什么似的，发不出声来。

就在这时，青年突然把某个东西伸到了六骑面前。一把小刀。

青年右手拿着小刀，左手捏着色纸，静静地恐吓六骑。

“你喊出声的话我就刺下去了哦？这把小刀比美工刀可锋利多了。如果不想死就乖乖把钱交出来！”

六骑……摇了摇头。

出生在贫困家庭的他从小到大一直看着母亲省吃俭用，因此也耳濡目染。三千日元，对他来说是一笔绝对不能轻易给别人的巨款。

下个瞬间，小腿处传来了剧烈的疼痛——他被青年狠狠地踹了一脚。

六骑忍耐着痛楚，蹲了下来。头顶传来了青年轻描淡写的威胁。这在尚且年幼的他的眼里，却恐怖至极。

“你没有拒绝的权利。识相的话就赶紧把钱交出来，快点！”

就在这时。

“住手！”

一个黑影大叫着冲向了青年。

那是穿着漆黑大衣的春采太阳——不，在六骑的眼中，那就是黑羽刑警！

黑羽刑警来救他了！他在现实世界里也是英雄！

加油啊，黑羽刑警！

两团黑影扭打在了一块。

而分出胜负并没花很长时间。

伴随着吓人的呻吟声，一个黑影轰然倒地。而另一个黑影用有些颤抖的声音说道：

“我不打算真刺下去的……”

那个黑影呆呆地在原地站了片刻，接着就猛地清醒过来，头也不回地逃走了。

躺在小胡同里的人是黑羽刑警。六骑有些害怕地靠近，发现对方的腹部被小刀深深地刺中了。

虽然六骑第一时间就叫来了救护车，但黑羽刑警还是在医院去世了。

嫌疑犯不久后便被逮捕。

电视剧《黑羽刑警》的拍摄也宣告中止。

那一天，六骑在真正意义上被黑羽刑警拯救了。

为了救自己，黑羽刑警死于强盗的小刀下。

因此，六骑下定决心，要继承黑羽刑警的遗志。

六骑披上了和黑羽刑警相同的漆黑大衣，在他大衣的口袋里放进了黑白相间的小型无人机“海拉”。他开始驱动机械的“鸟类”逮捕犯罪者。

正因为如此，“无人机侦探”这个称呼其实并不适合他。

他是“黑羽的继承者”。

他必须成为“**黑羽的继承者**”。

在生还希望渺茫的情况下，他依然不舍得放飞自己“鸟类”的同伴。

同时，他也不能对人类的同伴见死不救。

所以，六骑亲自出马了。他在泥水中匍匐前进着。

为了确认前进的方向，他抬起头来……

“啊！”

眼前出现了出人意料的光景。

山体塌方了。

从左手边山体斜面上掉落的土石仿佛像巨人的呕吐物，把面前的国道完全堵上了。

六骑趴在原地，呆呆地看着眼前的景象。

电闪雷鸣。

巨大的轰鸣声让他回过神来。

他先掏出手机查看，依然收不到任何信号。

接下来，他朝对面高喊道：

“喂！喂！有人吗？”

虽然可能性很渺茫，但对面说不定有抢险救灾的人员……

然而高喊数次后，对面依然没有任何回应。

这也理所当然。附近既没有住户，更没有人知道六骑他们此行的目的地。

也就是说，他们和外界完全失去了联系。

六骑有些束手无策。

自己待在原地的话，会有村民来查探塌方的情况吗？这种可能性真的值得自己打赌吗？

首先，这里随时会迎来新一轮的山体塌方。

其次，即使在夏天，长时间处于暴雨中依然会有生命危险。六骑的体力因为刚才的移动而消耗了大半。

最后，回到面包车的话，自己依然可以发挥侦探的作用。

那便是牵制嫌疑犯的行动。

他可以利用在本馆待机的芬里尔监视探险部的成员，如果有人行动可疑，他也可以随时确认其行踪。这么做的话，就可以有效地制止接下来的杀人计划。当然，他并不清楚嫌疑犯有没有这个打算，但总归小心为上，同时还可以防止嫌疑犯销毁证据。

这才像黑羽刑警的作风。

自己绝非贪生怕死，而是为了所有人的安全。

六骑在心中对自己说道。

于是，他便沿着自己来时的路折返回去。

当他连滚带爬地回到面包车、坐到后面的座位上时，海拉立刻迫不及待地问道：

（怎么样了？）

“没戏。前面因为塌方，国道被堵上了。没办法去三豆村。”

（天呐……那现在该怎么办？）

“做我该做的事情。”

六骑解除了电脑的休眠状态，调出了芬里尔的拍摄画面。

这时，他突然意识到，面包车的后面座位已经沾满了泥水。

这辆面包车是玲亚找她父亲借来的。之后必须去道歉才行……

可是，如果大家没法生还，也就没法向对方道歉了……

六骑在心底祈祷着众人的平安。

第三章　无人机的追逐战

杀害透的凶手X正准备开始进行第二次杀人行动。

目标已经确定。

就是那家伙。

然而，因为全员都待在同一个地方，始终没找到机会下手。

必须让全员分散开来，让他们各自行动才行……

为了创造这种机会，需要的“武器”是——混乱。

就像桌球选手击出第一球，撞散聚集在一起的桌球那样——必须引起混乱。

在那之后，把自己的目标打进球洞。

具体要用哪种方法呢？

X想到了好几种方案，不过最好的方法就是利用“那个”了吧？

X朝待机在入口处正中间的无人机瞥了一眼。无人机的摄像头依然朝着聚集在走廊里的众人。想必六骑故意让无人机停留在远处，方便牵制自己的行动。

如果是这样，我便反其道而行之。

X拥有可以利用无人机来引发混乱的“引爆剂”。

但是，如果过早地暴露自己，容易引起不必要的警觉，让自己的下一次杀人行动受到阻碍。

而且，比起一步一步诱导众人的行动，让他们自己得出同样的结论更可行。

那我就先在众人的心中播下怀疑的种子好了……至于是否让种子生根发芽，就看他们自己的了。

一旦决定，就要尽快行动。

此时暴风雨完全没有停歇的迹象，所有人都急不可耐，紧张到窒息。这是让怀疑的种子发芽的绝佳土壤。

X立刻种下了一颗种子。

——六骑对我们让他控制无人机到三豆村求援的提议竟然立刻否决，实在是太无情了。我们所有人的安危明明都在他的手上，他却连尝试都不肯。

X在发言里隐藏了这些信息。

其他人心中应该也多少有同样的不满，对于X的抱怨，众人都表示赞同。

X很满意众人的反应，接着又播下一颗种子。

——那架无人机刚开始看还觉得很可爱，仔细看的话却是冷冰冰的，让人觉得有些毛骨悚然。你们看，它现在还在监视着我们呢。

在场的成员受到蛊惑，一齐看向了无人机。昏暗中，飘浮着的无人机的镜头反射着众人手电筒的光线，就像冒着邪恶气息的恶魔的眼睛。他们都下意识地躲开了无人机的"视线"。

走廊里流动着令人不安的空气。对于只能回答他们"是"或"否"的无人机，他们有些不耐烦；对于不愿听取他们提议的六骑，他们有些不满——这两种感情混杂在一起，六骑的形象在他们心中悄悄地发生了变化。

可就算如此，六骑依然是探险部的成员，是众人无可替代的同伴。

其中一人做出了拥护六骑的发言。虽然主旨不明，句尾也说得含含糊糊，但现场的气氛也开始往肯定六骑的方向发展。

X在心中咋舌。果然，“引爆剂”必须自己亲手点燃才行……

此时，一个意想不到的人代替自己完成了这个任务。

是零。

“老实说，我刚才一直在怀疑。刚开始我自己也不敢相信，也不好随便地说出口，所以一直没有说……不过我又想了很多遍，除了这种可能性，不可能有其他真相了。”

你在说些什么呀——另一个人问道。

“关于津利的密室。透的尸体消失，津利的金属大门也打不开。一般情况下，无论尸体是否藏在前室里，前室里至少有一个活人，对吧？”

但是大家都在外面啊——另一个人指出了这个矛盾。

“当然了，我也是这么认为的。但只有一个人，可能会出现在前室里。”

接下来，零自己点燃了引爆剂。

“那就是六骑。”

全场哗然。

你在说些什么，六骑不是两腿骨折在车里待机吗？——其中一人反驳道。

“如果骨折是说谎呢？”

但是他因为骨折都住院了——对于这个反驳，零继续解释道：

“当然，他无法骗过医生的眼睛，所以骨折应该是事实吧。但是完全治愈要三个月——这个说法是他自己提出的。会不会其实并没有这么严重，他已经痊愈了呢？”

如果是这样的话，他应该早就出院了才对——有人提出了反对意见。

“没错，他已经出院了。根据足彦的说法，他去接六骑的时候，六骑并不在病房里，而是在大楼的正门。

“已经痊愈出院的六骑今天一大早去了医院，趁没人看见偷偷地在腿上套上绷带。当然，石膏是用其他的东西塞进去代替的。然后他又擅自拿走了等候室里的轮椅。这样不就能制造自己腿伤还没有痊愈的假象吗？”

那他为什么要处心积虑地做这些伪装呢——有人问道。

“当然是为了麻痹我们。接着他便可以偷偷跟在我们后面来到这里，刺杀透。”

可是他看起来不像事先做过这些准备啊——有人提出疑问。

“肯定是之前就来这里踩点过，然后把需要的道具藏在森林里了吧？”

你是认真的吗——其中一人确认道。

“我也想相信自己的同伴啊！但是只有这种可能性，才能解释密室之谜。”

众人陷入了思考。

零的假设听起来荒唐无稽。但正如他所说，在场的所有人中，能在津利的前室里锁上大门的只有六骑。

当然，实际情况完全不是这样。津利的前室里只有透的尸体和无人机。密室的制造者X再清楚不过。

X制造密室的手段异常简单。一旦看透的话，一切问题都能迎刃而解。但重要的并非手段，而是密室本身。

而且到目前为止，依然没有任何人注意到这个密室的构成。

这群人真是愚蠢到不可救药——假装胆怯的X在心里暗暗嘲笑。

当然，正因为他们愚蠢，才会得出六骑是犯人的假设。这是引起混乱最重要的一环——关于这一点，X反而还要感谢他们的愚蠢。

对X来说，自己制造密室犯罪并非要嫁祸给六骑，而有着另外更重要的目的。能把密室犯罪嫁祸给六骑是自己后来才意识到的。

虽然X可以自己提出六骑是犯人的假设，但如果有人能代替自己说出上述理由，更方便自己接下来的行动。X本以为没人能够得出六骑是犯人的结论，但没想到零完美地满足了自己的期望。

因为他的假设，在场所有人对六骑的怀疑已经达到了顶峰。他们向入口处的无人机投去了怀疑的视线，纷纷说道：

——难道真的是六骑做的？

——那……那架无人机是他用来监视我们的咯？

——估计是想寻找可乘之机，继续杀人吧？

仿佛总结众人的发言一般，零喃喃地说道：

“我不知道六骑到底是不是真正的犯人，但是我们至少要做好自卫的准备。为了让无人机无法捕捉到我们的行动，还是再向深处前进吧。”

众人都表示赞成，开始沿着走廊向深处前进。

X在心中暗笑起来。

一切都朝着自己所期望的方向发展。

*

“什么？！他们开始移动了？”

飞鹰六骑看着笔记本电脑屏幕上的画面，惊叫道。

（应该是不想和你的无人机待在一起吧？毕竟你不打算帮助他们。）

“现在是开无聊玩笑的时候吗？这样下去就没办法随时查看他们的情况了。”

（为什么？只要你操纵芬里尔跟着他们不就行了？）

“你们是相同规格的无人机，你应该明白吧？入口处已经是无人机能接受到信号的最大范围了，如果再往深处前进，很可能就完全接收不到信号了。”

（好像确实是这样。那你打算怎么办？）

“我想想……”

黑羽刑警十分重视鸟类的生命。可是，他对人类的生命也同样重视。

六骑立刻做出决断。

“只能先跟着他们前进了。如果无法操作就立刻返回。”

六骑咽了咽口水，操纵着芬里尔朝着走廊深处前进。

*

——它追过来了！

——果然是在监视我们！

探险部的成员发现无人机跟在他们身后，不禁紧张了起来。

接下来就该陷入恐慌、四散逃开了吧——X 如此期待着。不过，事情的发展不会总像自己期待的那样顺利。

众人看见无人机跟来后，慌忙回过头去，加快了前进的速度。然而并没有 X 所期待的恐慌出现。

毕竟这只是一架没有生命的无人机而已。对众人来说，虽然它像杀人犯的眼睛，但并不是杀人犯本人。

看来必须提醒众人，无人机本身也是十分危险的。

X 一边思考，一边跟着众人在走廊里前进。出现在眼前的是一扇打开的门。

所有人都赶紧逃到了门的另一边，朝着 X 招手示意。X 一进入房间，其中一人就立刻把门重重地关上了。这样一来，无人机就没办法进来了——众人都松了一口气。

然而，只有X明白，他们想得太天真了。

（可不能小瞧无人机侦探的本事。）

就在X在心中暗想的时候。

——立体迷宫！

其中一人喃喃自语道。听到了这句话，X立刻看向了房间内。

顺着众人手电筒的光线，室内的构造的确像立体迷宫一般怪异而复杂。

这并非一间起居室，而是连接数个区域、形状呈正方体的小房间。

怪异的是房间的岔路实在太多了。

右边的墙壁上有一扇门。

正面的墙壁上有部往上走的楼梯。

左边的墙壁上也有扇门。除此之外还有部往上走的楼梯。

——怎么会有这种构造？

一个人提出了疑问。

——这是瓦尔哈拉战场的象征。这种构造能够让来访者明白，自己无法轻易地前往城堡的正中心。

另一个人分析道。

就在这时，入口处响起了轻微的金属声，门缓缓地打开了一条缝隙。

众人发现了这一异常，立刻同时远离门边。

从半开的房门缝隙中，能看到无人机正停留在门把手上。看样子是六骑操纵着无人机一边按下门把，一边推开房门。

X 玩捉迷藏的时候，曾经目睹六骑控制无人机以同样的方法开门进入本馆的场面。因此，X 知道，打开这扇门对于六骑来说完全不是问题。

这种操作实在是太精彩了——连 X 都忍不住在心里为六骑拍手喝彩。

另一方面，对相信六骑是犯人的其他成员来说，他们的心中就只剩下恐惧了。

在昏暗的洋馆里，这架冷冰冰的杀人机器究竟要追逐众人到何时……

众人忍不住打了个冷战。

然而，零再次发挥了他的无畏精神。他冲向门前，再次把房门用力关上，而且用双手死死地压住门把手。即使是一架中型的无人机，也敌不过人类的力量。

为了让场面更加混乱，X 必须站出来为六骑打掩护。接下来的提议便应运而生。

——这样继续抵着门也不是个好办法。虽然无人机没办法进来，但真正危险的并非无人机，而是躲藏在暗处的六骑。只要我们还待在这个小房间里，对方肯定对我们的行踪了如指掌。不如我们利用这里迷宫一样的构造，暂时把无人机甩掉吧……

零继续保持着堵门的动作，稍作考虑后便同意道：

“……有道理。好吧！你们先从那个台阶上去，我随后就到。”

X 点点头，和其他成员一起爬上了房间左侧的楼梯。

没错，不能让他们待在同一个地方。必须让他们像现在这样，在恐慌中持续移动。这样一来，一定会有机会实施杀人计划。

当X跟着众人一起到达楼梯平台的时候，零也适时松开了门把手，登上了楼梯。如果他能够再坚持一会儿也许效果会更好，不过零也是个普通人，在昏暗恐怖的环境中，想必还是不愿离开自己的伙伴吧。

趁着无人机慢慢地把房门顶开的时间里，X随着众人顺着楼梯来到了二楼。

出现在众人眼前的是一条很长的横向走廊。两头各有一扇门，而两侧墙壁上则有很多扇门——又是迷宫一般的构造。

“快点！快点！”

X跟着众人冲进了其中一扇门。

这里是一间卧室——死路一条。

如果一直躲在房间里，无人机说不定找不到这儿。不过，这并非X所希望看到的结果。混乱一旦被中止，自己的杀人计划就要无限期延后了。

——糟了，是条死路！

X一边嚷着，一边打开了房门。有大概两个成员跟着自己跑了出去。

接着，他们就和顺着楼梯来到二楼的无人机打了个照面。

一切正如自己所计划的那样——X心中暗喜，但同时也感受到了在洞窟内被蝙蝠遮挡住视线的恐惧感。

原来如此。在这种昏暗的地方突然碰到对方，的确很恐怖啊——X在心中苦笑。

在暗中操纵一切的 X 已然被吓了一跳，更别说其他被操纵的成员了。

一阵惊恐的叫声响起。

X 跟着众人一起退回卧室，关上了房门。

有人把被无人机发现的情况告诉了零。他对 X 怒吼道：

“笨蛋！你都干了什么？！”

笨蛋？

X 突然有些窝火，不过立刻就被积极的情绪代替——平时一向沉着稳重的零，如今也露出了另一面，说明恐慌已经带给他极大的压力。利用无人机使众人混乱的计划到目前为止十分顺利。

成员们开始讨论善后的方法。其间，一人抵住房门，不让无人机闯进来。

——难道要这样一直躲在房间里吗？我们有五个人，对方只有一个人。想必他不会轻易出手吧？

——不，我们此时的位置已经暴露，情况很危险。说不定六骑有把我们一网打尽的方法呢？

——那么，要强行突破吗？

“强行突破也不是不行，不过我有个主意。”

零再次总结道。所有人的视线集中在他身上。

“比起强行突破，不如把无人机破坏了。如果六骑真是无辜的，到时候再赔偿他一架就好了。现在最为优先考虑的是我们的生存。”

破坏无人机？这对于 X 来说是个坏消息。无人机被破坏的话，混乱的源头就消失不见了。

然而并没有人提出反对意见。毕竟这是目前的最优解。

如同 X 预料的那样，所有人都持赞成意见。

X 紧紧地咬着嘴唇，眼睁睁地看着零的提议被众人通过。

*

飞鹰六骑操纵着芬里尔，在本馆二楼的走廊上遇到了数人。他们打开了其中一扇门，逃了进去。

（他们进了那个房间，对吧？）

“是啊，追上去吧！”

本馆内部不仅光线不好，而且越往里走，信号越差。芬里尔的拍摄画面也开始出现噪声。因此，六骑并未察觉到众人的行动是为了逃离芬里尔的“追赶”。发生在一楼的攻防战，因为显示屏的画面只出现了门板，所以六骑并不知道对面有人在用力抵住房门，他以为只是门很难打开而已。

“真是的，你们别擅自乱跑啊！”

六骑因为众人的行动而不满地咕哝着。他操纵着芬里尔来到了房门前。

他控制芬里尔落在把手上，向下移动。

这扇门也很难打开。

不过，他稳健的操作终于有所成效，房门渐渐打开了一条缝隙。

不对，是有人从里面把门打开了……

下一瞬间，无人机的画面突然剧烈地晃动了起来。

“出什么事了?!”

随着拍摄画面终于稳定下来，六骑看到一个人影。

那人把双手高高举起，将手里的水壶……

砸了下来。

（危险!）

六骑赶紧操纵着芬里尔后退。

画面再次摇晃起来。不过，比起刚才的程度要轻许多。恐怕是撞上了背后的墙壁吧。不过总算避开了水壶的正面冲击。

高举着水壶砸向芬里尔的人穿着黑色的衣服——不是别人，正是零。

然而，六骑却没有震惊的空闲。

零再次举起水壶，朝芬里尔用力砸了过去——一击未中，零便再次发起进攻。

六骑操纵着无人机水平移动，回避着零的攻击。

零再次拿起水壶砸了过来。看来对方是铁了心想要破坏芬里尔。

六骑拼命地躲闪着零的攻击。他大叫道：

“难道零是凶手吗?!”

（不会吧！像他那样温柔的人怎么会杀害透呢?）

“那该怎么解释现在的情况？除了凶手，还有谁会想要破坏芬里尔呢?!”

（我……没法解释。但是，现在其他人怎么样？是不是处在危险中呢？必须去救他们！）

“不用你说我也知道！但是……”

如果再继续接近，“鸟儿”就会被杀害。

作为黑羽刑警，他无法接受这样的结果。

六骑……选择了撤退。

他操纵着芬里尔的螺旋桨全速运转起来，回到了二楼的走廊上。虽然零追了过来，但比速度的话自然赶不上无人机。

六骑控制着芬里尔灵巧地转向，一口气冲下了楼梯，回到了一楼的小房间。他看着屏幕里二楼的画面。

零并没有追过来。

*

零喘着粗气，看向楼梯下方。

该不该追上去呢？

不——也许是对方的陷阱。无人机说不定只是诱饵，操纵其的六骑说不定手持凶器，正躲在楼梯平台的暗处等待自己的到来呢！

切不可深追。

虽然他没能破坏无人机，但总算暂时逼退了对方。趁着现在赶紧换个地方躲吧！

零回到了刚才的房间。

“怎么样了?!”

玲亚紧张地问道。

“对不起，让它给逃了。我们趁现在赶紧去别处吧。”

五人又回到了黑暗的迷宫里。

他们向着走廊深处进发，经过了一尊男性神明的雕像，打开了一扇门，顺着楼梯回到了一楼……

随着逐渐深入，本馆内部的特征渐渐清晰起来。除了少数几个房间，几乎都是复杂的通道和岔路。因为建造者御出院是单身，所以他并不需要很大的居住空间，瓦尔哈拉内的一切都是以“为了战争所准备的馆”为前提建造的。

八年前，三豆村出身的小孩们利用这种构造来捉迷藏，而如今探险部的成员也利用这种构造和无人机玩起了“捉迷藏”。当然，比起玩闹性质的前者，后者则是命悬一线——真正意义上的战争。在这层意义上，也许本馆的构造总算真正起到了它原本的效果吧……

众人爬上楼梯，向着走廊深入，通过一尊女性神明的雕像，接着又打开了一扇门……

终于，五人来到了位于二楼最深处的房间里。

这是个天花板很高的大厅，右边有一个王座。房间内只有一扇窗户，位于王座的正对面——左边的墙壁上。

作为众人用来躲藏的房间，是否有窗户极其重要。为了尽快离开这里，必须随时确认暴风雨是否停歇。当然，窗户也意味着有被窗外的无人机看到的风险，但确认天气状况无疑更加重要。

众人首先用手电筒照向窗外。窗外并不是屋外，而是另一条走廊。不过走廊对面的墙壁上还有一扇窗户。那扇窗户的对面又是另一扇窗户——透过多扇窗户，众人看见了屋外的世界树。也就是说，这扇窗户是朝南的。

世界树的枝叶在剧烈地摆动着，看来暴风雨依然没有停歇的迹象。所有人都有些灰心。

不过，至少能从这扇窗户看到屋外的情况——也算有所收获。

“好了，我们先躲在这里吧！”

为了不让窗外的无人机发现，众人躲在了窗户所在的墙壁死角处稍作休息。

正对面就是王座，王座的形状颇有些特殊。猪知郎有些好奇地说道：

“那个王座，形状很奇怪啊。座位被隔开，可以坐得下两个人。而且隔开座位的扶手上还放着一个朝向窗户的望远镜。”

“是‘希利德斯凯拉夫’。”

拥有北欧神话知识的足彦和玲亚同时回答道。二人互相谦让后，决定让足彦进行解释。他压抑着恐惧的心情，缓缓开口说道：

“‘希利德斯凯拉夫’，又叫至高王座。是奥丁为了其正妻弗丽嘉修建的王座。坐在那里，可以获得看得到九大世界一切事物的千里眼。双人的王座和中间的望远镜都是在暗示王座的用途吧？”

“原来如此。即使身处王座，也能通过好几扇窗户看到屋外的景象——真的很像千里眼。”

“不过现在那个望远镜应该已经损坏了吧？”

听着他们之间的谈话，林檎目不转睛地盯着对面的“希利德斯凯拉夫”。她心想……

（我也想和御出院大人一起坐在王座上，交替着用望远镜看窗外的景色呐……）

拥有王座的大厅里却没有奥丁和弗丽嘉的雕像。它们究竟在哪儿呢?

*

自那之后，不知过了多久。

暴风雨依旧没有停歇。因为山间的倾盆大雨，流经三豆村旁边的希望川此时化作了汹涌的水流，卷起了山间的碎石和木片包围了瓦尔哈拉，在周围疯狂地舞动着。仿佛一场永不散席的狂乱盛宴。

躲在本馆中的五人逐渐焦虑起来，甚至有些呼吸困难。为了不浪费体力，众人纷纷选择了闭上嘴巴，各自沉浸在思考中。

在意识蒙眬中，国府玲亚回想起了过去的事。

八年前，在她十二岁的生日那天……

每年，在玲亚的生日当天，国府家都会举行盛大的宴会。

那天晚上也一样。为了祝福国府家的大小姐，许多人都聚集到了国府宅邸。

然而，其中几乎没有小学的朋友。因为娇生惯养的性格，所以她被学校的大多数人厌恶。

相对地，自己并不熟识的家庭会来到这里，向她那位政治家父亲打招呼。而顺带地，他们也会向玲亚送上自己的祝福。

虽然被自己最爱吃的点心包围着，但她的内心依然空虚。

她偷偷地溜出宴会，寻找自己经常欺负的对象——零。

零从未参加过她的生日宴，每次都把自己关在房间里。因为他是父亲乘土的小妾所生，所以家人并不想让他出现在大众面前。毕竟也到了一定的年纪，零在家中的地位，玲亚也隐约地察觉到了。

正因为零处于这种立场，至今为止，他从未收到过任何生日祝福。因此，玲亚也不知道零的生日。

（那家伙的生日是什么时候呢？没人为他祝福也太凄惨了，下次就由本大小姐破例为他举办一场生日会吧。）

她不知不觉来到了走廊上，另一端的拐角处传来了两名女仆的对话。

“咦，零的生日和玲亚是同一天吗？”

“是啊，可怜吧？玲亚有那么豪华的宴会，零却得不到别人的祝福……”

“不如我们为他祝贺吧？”

“可是，如果我们擅自庆祝的话，老爷会发火的……”

玲亚急匆匆地跑向转角处。女仆们一看见她，就慌忙停止了对话。

玲亚质问她们刚才说的话是不是真的。

两名女仆点了点头。玲亚立刻就朝零的房间跑了过去。

现在想来，就算零的生日在其他的日子，无人为他祝福的事实都不会改变。但对于当时的玲亚来说，零的生日和自己同一天，打击实在是太过沉重了。自己有如此豪华的生日宴会，可他却……

玲亚猛地推开了零的房门。

然而，却不见对方的踪影。

事实上，零当时被乘土叫了过去，正在接受“你要忘记自己的存在，一辈子都要当玲亚的影子”的指示。

而玲亚却并不清楚情况，一心一意地在广阔的宅邸中搜寻着零的身影。

终于，在烛台的火光摇曳着的昏暗走廊上，她看到了刚被乘土放出来的零。玲亚向那个熟悉的背影打了声招呼。

“零！”

零回过头。

“大小姐。”

玲亚平复着紊乱的气息，开口说道：

生日快乐——她原本准备这样说。

可是，这句话让她突然感到一阵羞耻。

于是，她恢复了平常的态度，双手叉腰：

“你到底去哪儿了？我不是和你说过嘛！我想找你玩的时候，你一定要待在房间里！”

真失败——她心想着。不过这种方式才更适合自己——她又转念一想。

虽然零在国府家中的地位很低，但玲亚从未疏远过他。这次也稍微找找他的茬儿吧！之后再把宴会上的布丁带给他尝尝，当作二人和好的标志。接着再漫不经心地对他说“生日快乐”。好极了！就这么办！

由于光线昏暗，玲亚看不到零脸上的表情。这让她感到少许不安。

突然，零向后退了一步。

烛台的火光照亮了他的脸。玲亚不禁倒吸一口凉气。

浮现在他脸上的表情，毫无疑问，是憎恨。

虽然二人发生过多次争吵，但这种表情，她还是头一回看到。他为什么会摆出这种恐怖的表情呢？

然而，憎恨的表情只在他脸上出现了一瞬间。随后零立刻换上了一副面无表情的脸。他恭恭敬敬地说道：

“非常抱歉，大小姐……”

她的内心深处好像出现了一个空洞——对方的反应也是头一回看到。换做之前的零，一定会和她大吵一架。

直到最后，“生日快乐”几个字也没能说出口。

自那以后，零就再也没有忤逆过玲亚的意思。即使她再怎么找茬想要惹怒零，但零始终像奴仆一样顺从。她感到一阵寂寞——难道二人的关系就只能是主仆了吗？

在玲亚十四岁生日的时候，她终于知道了零态度大变的原因。因为极其偶然的原因，乘土和她说了他当时给零下的命令。

——你要忘记自己的存在，一辈子都要当玲亚的影子。

对自己的亲生儿子竟然能说出这种话！玲亚先是呆若木鸡，随后便大怒，和乘土大吵了一架。

然而，在国府家中，真正独掌大权的人是乘土，她只不过是国府家的女儿罢了。仅凭她一人的力量，根本无法改善自己同父异母的哥哥的待遇。

那么，至少我能对他稍微温柔一点——然而自己却做不到。我真是太差劲了……

她有些自暴自弃，于是继续对零采取高压态度。

同时也期待着对方有朝一日能够违背她的意愿……

“还是我出去求救吧。”

不知是谁的声音把玲亚拉回了现实。

刚才说话的人……是谁来着？

她环视了一圈。

“还是别这么做了，太危险了！”

足彦有些急切地劝说道。

“但是我们不能一直待在这里。我一个人去三豆村，喊人来帮助我们。”

说话的人是零。

“等等，这样的话我和你一起去……”

足彦刚表态，零就摇头拒绝道：

“虽然很感激你愿意跟我同行，但真的太危险了，所以还是我一个人去吧。你就留在这里保护大家的安全吧！”

“零……”

“我去去就回……”

零正准备向房门移动。

“等……等一下！”

玲亚叫住了他。

零回过头。

玲亚张开口想说些什么，可她的脑海中却无法组成通顺的语句。但即便如此，自己也要阻止对方——她用自己首先想到的词语组成了句子：

“等下，你是傻子吗？这种情况下还一个人耍帅！你搞得清楚现在的情况吗？外面可是暴风雨哦？你知道吗？你自己来看看，本馆外面已经成这个样子了！桥上没有任何遮挡物，你怎么可能过得去？还是先等暴风雨结束再去吧！”

“要是暴风雨一直不停怎么办？”

零的语气依然温和。然而他的问题却无比尖锐。

玲亚无法回答。

的确如此，自己一行人不能一直待在这里……

零继续说道：

“我这也是为了救大小姐。请您理解。”

大小姐——这个词在玲亚脑海中突然闪过。

“对了，我是大小姐吧？你只是我的仆人而已。所以你得按照我说的去做。现在我命令你，在暴风雨结束前都待在这里。”

她摆出一副胜利的姿态——本应如此，可自己却发出了颤抖的声音。

“的确，您是大小姐，我是仆人。您说得并没有错。”

“对吧！那么……”

“但是啊……同时你也是我的妹妹，我是你的兄长。这是无法辩驳的事实。作为兄长，为了救自己的妹妹，就算是你的命令我也要违反。”

十二岁之前的自己……

当时的玲亚，对于沉着冷静、会满足自己任何请求的零，总会仰慕地叫他“哥哥，哥哥！”。即使二人之间的上下级关系确立以后，兄妹之间的羁绊仍然存在，零也一直没有忘却，只不过被他深深地封印了起来。

然而，如今，封印解开了。

海部零，时隔八年第一次违背玲亚的意愿。不是作为仆人，而是兄长。

“怎么能这样？太狡猾了吧！”

玲亚扑向零的胸口。

“一定要安全回来啊，哥哥！”

零也紧紧地抱住了玲亚。

“嗯，我保证。”

兄妹静静地抱在一起。

看着冰释前嫌的兄妹，其他三人此时的心理活动也异常丰富。

足彦（他们真的是兄妹！怪不得会住在一起。要是这样的话，那我也有机会了——怎么可能！不管零是她的什么人，我都像路边的石子一样卑微！啊啊……我该做什么好呢？）

猪知郎（他们二人之间的羁绊竟然如此深厚，真没想到……而且，既然玲亚喊他“哥哥”的话，难道说他是乘土的儿子吗？如果真是这样的话，向乘土的复仇计划恐怕要重新考虑了……）

林檎（开无人机的实在是靠不住。勇敢的零前辈让我刮目相看！不过，依然比不上伟大的御出院大人。零前辈，我从心底为你祈福，希望你能安全地抵达三豆村，然后把我救出去……所以闹剧就告一段落，赶快出发吧！）

她可没有什么心灵感应。只是离别的时间已至，兄妹二人离开了对方的怀抱。

*

在众人的目送下，海部零离开了房间。

他并不清楚正确的道路。不过根据刚刚“千里眼”为线索，以连续的窗户为标志的话，一点一点往外走肯定能够回到一楼的走廊。只要回到走廊，从五百四十扇门中任选一扇，就能轻松地离开本馆了。

必须戒备的反倒是六骑的无人机。零拔出了小刀，一边慎重地环视着周围的情况，一边在迷宫中前进。

不过多时，他便安全地回到了走廊。

通向外面的五百四十扇门中，有几扇是敞开的。从左边的门能看到外面的津利，看来自己正在走廊的南侧。因为外面还处在暴风雨之中，所以他决定从最靠近城门的东侧出口离开。

他转过拐角，来到了走廊的东侧。没过多久就来到了刚开始的入口处。

他缓缓靠近开着的门。为了不被刮跑，他用力地抓住了门框，望向外面。

他与城门之间的直线距离大约十米。然而，在这短短的十米之内，是宛如流星群一般的飞木走石。势头比之前还要猛烈。如果走错一步，恐怕就要丧命于此了。他再次意识到目前的危险程度。

（玲亚……）

他在心中默念着这个名字，毅然决然地匍匐着开始前进。由于随时可能从地面被吹起，他张开四肢贴在地上，让自己的重心尽量低一些。他一步步缓缓前进着。

木片刮到了脑袋——没事，这没什么大不了。

碎石击中了腹部——疼痛让他无法呼吸，仿佛被人用拳头狠狠地击中了腹部。

除此之外，他遭受了数次冲击，不过总算到达了城门。他紧紧地抱住了门柱。

尽管如此，现在的位置最多不过是城墙内。没有任何遮蔽物的城墙外才是真正的难题。

城墙外，流星群的势头更加猛烈，彩虹桥下的山谷中传来巨响，仿佛芬里尔的咆哮。

“玲亚……”

这次他将这个名字说了出口，随后再次匍匐在地上，准备继续前进。

有什么东西擦着他的头皮飞速而过，这种恐惧感让他有一种与卡车擦肩而过的错觉。

除此之外，他还感受到一股横向的力量。

“呃！”

身体在一瞬间飘浮了起来。他手脚并用，总算是维持了原本的姿势。他吓出了一身冷汗。

这是自己至今距离死亡最近的一次。

但是他心里知道，自己绝对不能死。必须喊人来救助。为了同伴，也为了玲亚。

玲亚……

海部零曾经很讨厌国府玲亚。

很讨厌、很讨厌、很讨厌她。为了向她和父亲报仇，为了笼络她的心，他一直在考虑着怎么让对方喜欢上自己——不知何时，自己也渐渐地喜欢上了她。

自从十二岁的生日以后，他就改变了自己和她相处的方式。同时，他也清楚地察觉了，对方对待自己的方式也发生了改变。

虽然，玲亚并没有在他十二岁生日那天对他说“生日快乐”。但在他十三岁的那天，自己第一次听到了来自她的祝福。

十四岁的时候，他得知了玲亚为了他，和自己的父亲大吵了一架。当然，玲亚本身对于这件事是保密的，是女仆们偷偷告诉他的。

的确，玲亚是个任性的大小姐。她的自我意识很强。可是，正因为她的自我意识，所以她经常自问自答——自己对于他人的举动是否合适。不仅对和零之间的相处方式，而且有对透和足彦noblesse oblige的做法——她始终苦恼着。

他爱着这样的玲亚。

作为兄长？抑或是作为男性？

为什么要为这种事情头疼呢？为爱划分种类毫无意义。

他爱着她。所以必须救她。仅此而已。

他终于到达了彩虹桥。

他抱着海姆达尔的雕像稍作休息。

突然，他注意到，雕像旁边的地上闪烁着光点。

灯光？

零回过头，看向了瓦尔哈拉——眼前的景象让他浑身战栗。

他看到了城门后暗处，无人机的探照灯在闪烁着。

（被发现了？）

他的后背上渗出了冷汗。

（不，就算被发现又能怎么样？就算六骑发现我逃脱，慌慌张张地从本馆跑出来，也别想追上我……）

就在这时，他想到了某种可能性。

（难道说，六骑那家伙已经抢在我前面先到了吗？难道他埋伏在前面，等着我毫无防备的时候给我致命一击吗？）

零咽了咽口水。

事到如今，已经不可能回头了。再怎么说，六骑都只有小学生的体格，况且自己还拿着小刀……

（放马过来吧！）

零重新振奋起来，松开了海姆达尔雕像。

红、绿、蓝三座弧形混凝土桥横跨在山谷之上。为了保证安全，零选择了存活率相对高一些的、正中央的绿色大桥。

桥的两侧虽然有扶手，但扶手太粗一只手握不住，而且每段扶手之间还有相当长的距离。想靠着扶手移动到对岸是不可能的。于是，零用右手支撑扶手，左手支撑桥面，向着弧形的顶端一点点移动起来。

不知为何，零回想起自己尚且年幼的时候，和玲亚一起乘坐过山车的情景。那是以顶点的势能转化成下降动能的过山车。在车子缓缓向最高处移动的时候，他发现轨道的旁边有个风车在转动。为什么风车会在这种地方呢？是为了测定风速吗？为什么要测定风速？无论如何，此时风车在快速地转动着。总之，这里的风速应该很快——这时，他才察觉到自己距离地面已经高到令自己恐惧。说不定，铁轨旁边的风车就是为了给予乘客恐惧才设置的道具。而那个风车转动的情形，此刻竟清楚地出现在他的脑海中。

“！！！！！！！！！！！！！”

突然，一股不可思议的力量向零袭来。

甚至，在一瞬间，他都不知道发生了什么。

身体无法控制。他拼命地挣扎着。

终于意识到自己的状况后，某样东西飞快地迫近。

是转动的螺旋桨叶片。

这便是海部零看到的最后影像。

*

因为零拿着水壶袭击，飞鹰六骑毫不犹豫地选择了撤退。当他过了一段时间再操纵芬里尔回到刚才的房间时，里面已经没人了。当然，也没有尸体。零应该没用水壶杀害其他人——六骑轻抚胸口，松了口气。

然而，现在依然不可掉以轻心。如果放任那种状态的零不管，很可能发生无法挽回的悲剧。必须快点找到他，找到其他人。

六骑操纵着芬里尔在复杂的本馆内搜索起来。

然而，自那之后，六骑便再也没有遇到任何人。

“唔，找不到啊……”

（先回入口如何？说不定他们会在那里集合。）

“如果能顺利回去，我也不用花这么多工夫了。”

（啊！）

海拉突然想到了什么。

没错，六骑迷路了。

这并非他的错。对于身在馆内的探险部成员来说，本馆的内部已经是“黑暗立体迷宫”，更别说只能仰仗无人机摄像头的六骑了。

（可以用右手法则[1]走出迷宫……）

“可是无人机没有左右手啊。”

（你在说什么傻话？你不会真的想在无人机上安装手臂吧？）

“但是如果没有贴着墙壁前进的感觉，总觉得会在哪里走错。”

（啊，也是……）

最后，在六骑横冲直撞的搜寻下，无人机总算回到了入口处。和海拉所预想的不同，入口处一个人也没有。

仿佛刚拼好一副困难的拼图一般，六骑的头脑、眼睛和双手都陷入了极度疲劳的状态。他一边做着眼部按摩，一边用模糊的视线看向屏幕。

画面中，有团黑影正在缓缓移动着。

六骑慌张地揉了揉眼睛。人影此时正朝着城门前进。

“黑色的衣服……”

（是零！）

六骑控制着芬里尔从入口处出发。来到馆外的瞬间，镜头向右边剧烈地晃动了一下。六骑赶紧控制着芬里尔稳定下来，总算有惊无险地接近了城门。

探照灯向城外照去，画面中的零正匍匐向着彩虹桥前进。

（这是……）

“是啊，他正往我们这里靠近。”

如果放在往常，六骑一定会派无人机帮助这名舍生求援的同

---

① 迷宫的一种解法。贴着右侧的墙绕路走，只要迷宫在封闭的空间里，就一定可以找到出口。

伴。只不过，零现在的状态很不稳定——他刚才甚至手持水壶，打算破坏芬里尔。

而他此时正朝自己所在的面包车缓缓前进。

六骑的心跳加快了。

怎么办？零究竟是同伴还是敌人？——无论如何，至少他对芬里尔抱有敌意。那透呢，究竟是不是他杀的？其他人又在哪里呢？如果零袭击自己，自己能够打得过他？怎么办？怎么办？怎么办……

（想想办法啊！）

就在这时，零到达了海姆达尔雕像前。他死死地抱住了雕像，突然回头看向了芬里尔。

画面中看不清零的表情。但是，毫无疑问，他看向了芬里尔。

对方仿佛透过了芬里尔的摄像头，直接看到了车内的情景。六骑一阵胆寒。

双方先是互相凝视了一阵，随后零开始移动了。他并不是朝着芬里尔的方向，而是攀上了彩虹桥的把手。果然，他准备回到车里……

一刻也不能犹豫了。六骑立刻下定决心。

首先，以防万一，他操纵着芬里尔退回到了本馆。把它藏在了走廊的其中一间房内。

那边做好准备后，就该自己了……

“准备离开这里吧！”

六骑把遥控器揣进了装有海拉的口袋。他披上大衣，拿着笔记本电脑离开了面包车。

因为国道上还留着他在泥地上爬行的痕迹，所以他进入了岔路旁边的森林中，在灌木丛中爬行。接着，他躲进了一处可以监视面包车的灌木丛里。

他压低呼吸，等待对方的出现。十分钟……二十分钟……

然而时间过去许久，零依然没有回到面包车。

*

王座大厅里……

国府玲亚一直在不停地祈祷着，像一尊祈求和平的雕像。

此时，一个声音打断了她的祈祷。

“时间太久了！”

是猪知郎，“我出去看看情况。”

看着因为担心零而坐立不安的玲亚，猪知郎自告奋勇地提议道。

“走吧！我也一起！”

足彦阻止了他们。

“外面太危险了！还是我和猪知郎去看看好了，你和林檎就先待在这里……”

“不行！我也要去！带我去！”

“但是……”

足彦和玲亚还在争论。林檎用她一贯的冷淡语气说道：

“杀人凶手说不定还在附近徘徊。在这种情况下，留两个女孩单独在这里才更危险吧？”

这一意见的确具有说服力。猪知郎也表示赞成。

“林檎同学说得对啊！我们一起去吧！”

“唔……那就这么办。”

足彦妥协道。于是四人一起出发了。

他们离开王座大厅后，和零一样，以连续的窗户为标记，一点点向外移动。结果相同，他们来到了零刚才通过的南侧走廊。

他们向着转向东侧的拐角前进——目标是入口处。

玲亚走在队伍的最前端。对她来说，现在最紧要的事情，就是确认零是否生还。

“有很多门都开着，小心啊！”

足彦在后面警告。然而玲亚并没有回头。

突然，玲亚察觉到，走廊的地面上散落着什么东西。

是外面的树枝吗？

玲亚拿起手电筒照向地面。

随后玲亚发出了悲鸣，仿佛被抽走了魂魄一般、漫长而凄惨的悲鸣。

第四章　无人机有多锋利

X冷漠地看着零的碎尸，思考着。

从零离开王座大厅到如今的碎尸，其间自己和其他的成员都待在一起。也就是说，这里的每个人都有不在场证明。所以，大家一定会把矛头指向六骑。从结果来看，正如自己期望的那样，但问题是……

不，现在考虑什么都没用。不能回顾过去，要放眼未来！

X已经决定了自己的目标。

还有一个人……

必须再杀一个人……

为了寻找行凶的机会，X开始暗中观察其他的成员。

当然，其他人此时都处于惊慌失措的状态。

在透被杀害的时候，大多数人还能保持冷静。因为有人并没有目睹尸体，更何况那具尸体只是胸口被小刀刺中，效果普普通通。

然而，这次不一样。

仿佛重大交通事故现场一般凄惨的景象出现在所有人的眼前。

连X都有点想干呕，更别说其他三人了。

大声惨叫的，全身不停颤抖的，用手扶着墙壁、喘着粗气的……

恐惧、混乱、癫狂，这些负面情绪仿佛滚烫的岩浆一般在他们身体内灼烧。

火山就快喷发了。

对于 X 来说，现在的情况给自己的行动带来了极大的方便。为了接下来的行凶，X 需要创造自己和目标人物两人独处的情况。因此，X 希望他们可以陷入恐慌，分散逃跑。

接着，只要等待火山喷发了——就在 X 默默祈祷的时候，身边的某个人物已经率先做出了表率。是玲亚。她开始逃离……

开始了！X 在心中雀跃。就是这样！大家四散逃命吧！

然而，事情并没有按照 X 所期望的方向发展。

另一个人抓住了玲亚的手腕，把她强硬地留在了原地。

二人之间开始了激烈的争论。最终玲亚还是屈服了。

X 翻着白眼，听着两人之间的对话。

（什么呀……推理小说里不是一般会有所有人开始单独行动的桥段吗？果然，虚构的毕竟还是虚构的。不过，现在的情况和推理小说惯用的封闭空间有些不同。也没办法。）

在场的成员为了自我救赎一般，开始对零的死做自我检讨——只要源头分散，就能减轻恐惧感。X 也适当地参与了这场滑稽的检讨会。

——这下就能确定凶手是六骑了吧？我们一直都是一起行动的。能够行凶的人就只有他一人。

——可是……这也太过分了。无论从物理还是心理上都不像人类能够做出的。到底是怎么……

——难道是用无人机的螺旋桨？

——怎么可能！

——也对啊，那么小的叶片怎么可能切断人类的身体呢？

虽然提出这个假设的人自我否定，但依然没有什么说服力。众人陷入了短暂的沉默。X察觉到，所有人都在想象无人机的螺旋桨切开零身体的画面。

检讨会只能草草结束。

凶手是六骑，他用某种众人不知道的方法切碎了零的身体——这个结论无法解决任何问题。别说减轻恐惧感，反倒让众人更加害怕。

其中一人从走廊的门口看向庭院，转过身来摇了摇头。

——现在还没法出去。

另一个人则建议暂且先回到王座大厅躲避。

“我能把零也带着吗？”

玲亚梦呓一般说道。

但是，怎么做呢……其他人提出了疑惑。

她向地面伸出双手，把零的头颅紧紧抱在了怀里。

没有一个人说话。

一行人回到了立体迷宫里。

X有些着急了。

刚才明明是让众人分散的最佳时机，可不知什么时候起，所有人反而都恢复了冷静。

啊！不能再等了！必须要动手！

对X来说，所剩的时间不多了。

X拼命地刺激着自己逐渐迟钝的脑袋——想想其他办法吧！

就在X苦思冥想的时候，一行人走过了某个十字交叉口。

无人机出现了。

出现在一行人眼前的，是六骑的芬里尔。

芬里尔只是一架直径四十厘米左右的中型无人机。

然而在除了X以外的其他三人眼里，那仿佛是一架搭载了机关枪的军用直升机。

“呃……啊啊啊……”

三人愣在原地，同时发出了类似呜咽的声音。零的头颅也从玲亚的手中脱落。头颅掉在石阶上，向前稍稍滚动了一些。

大约在一个小时以前，众人刚在馆内和无人机进行过一场激烈的“大逃杀”。而此时众人内心的恐惧比之前更甚。因为零的事件，让众人确信了六骑是凶手——不，事实远比他们想象的还要恐怖。所有人都不自觉地把眼前的无人机和零支离破碎的身体联想在一起。

刚才，在馆内躲避无人机的时候，X是这么考虑的：

这些人虽然不断躲避无人机的追踪，但并没有引起恐慌。毕竟那只是一架没有生命的无人机。对他们来说，虽然它像杀人犯的眼睛，但并不是杀人犯本人。必须让他们意识到无人机本身的危险性。

如今，X期待的情况出现了。在众人眼中，眼前这架无人机已经升级为杀人犯的凶器。然而这种小型无人机根本就无法切断人体——虽然他们明白这一点，但在如今紧张的状态下，几对高速转动的螺旋桨还是能让他们胆寒。

现在，他们比刚才发现尸体的时候还要惊恐。此刻就是让全员分散的最好机会！

X紧绷神经，寻找出手的最佳机会。

无人机一点点地靠近众人。众人下意识地躲在了一旁，为无人机空出了一条道路。等无人机到达众人跟前时，他们不约而同地走上前去，包围了无人机。

无人机停了下来，仿佛被围在中间而感到迷惑。X猜想，六骑可能还没发现自己被怀疑，还没发现众人刚才想要逃离无人机。毕竟通过摄像头拍摄出来的画面此时一片昏暗，根本无法看清众人此时的表情。

无人机仿佛为了看清楚每个人的表情，开始缓缓地盘旋起来。当无人机的螺旋桨经过X的身边时……

（就是现在！）

说做就做！X装成一副被螺旋桨袭击的样子。

X右手小臂上出现了一道美丽的伤痕。血花四溅。

其他三人看见这道伤疤以后，一定会联想到零的惨状。

接下来，就是X期待已久的大恐慌了。

最先失去理智的是玲亚。她发出了刺耳的尖叫，向着十字路的其中一个方向逃了出去。成员Y想要追上去，不巧的是无人机正好拦在了自己的面前——吓得Y浑身发抖。在这段时间，成员

Z 已经朝其他方向逃走了。X 也尽量发出了惊恐的叫声，向着第三条路前进。前进途中，X 回过头看向十字路口——在无人机的“威胁”下，Y 正连滚带爬地逃向第四条路。

（好极了！这下所有人就彻底分散了！）

X 为了止血而绑住了右边胳膊，随后回到了空无一人的十字路口。

接着，X 便朝自己的目标人物追了过去。

*

兵务足彦回忆起八年前在本馆捉迷藏时的情景。

“我之前就想去那里捉迷藏！”

透兴奋地说道。也只有透能想出这种鬼点子，然而他能做的也只有提议。把这一提议制成具体计划的人，每次都是足彦。

足彦每次做性格测试时，总获得“你是参谋型”“二把手”等评价。总之，大意都是说自己是领导手下最好的军师……正如测试结果，足彦一直是透身边的头号参谋。就算上了大学也依然如此。在自己即将面对的择业面试中，他也准备这么介绍自己——“我在大学时曾担任探险部的副部长，辅佐部长的工作……”

话虽如此，二人并非上下级关系。

并非对方不让自己提议，而是自己没办法像透那样，头脑里能够源源不断地涌现稀奇古怪的主意。

也并非对方强行让自己将提议制成计划，而是以透的性格，没办法做出细致条理的计划。

二人之间并非上下级关系——真的是这样吗？

A 总是自作主张提出各种异想天开的想法，B 为了实现 A 的想法而奔走忙碌。如果这种关系持续下去，不就成了著名的“看守和犯人实验[①]”了吗？在双方的无意识中，二人之间的差距逐渐加大。说句实在的，足彦不止一次因为和透之间的关系而头疼。透能意识到这一点吗？不，以他的性格，恐怕到死也意识不到吧……

而这次，由足彦向透提议的瓦尔哈拉之行，说不定也有足彦自己“想要主动提议”的对抗心理在作祟。

至于瓦尔哈拉之行的动机——对玲亚的爱慕之心，究其根本，也是同一种心理。因为某件事情，玲亚一直把足彦和透看作受害者，对他们深感愧疚，才会有 noblesse oblige 的行为。这样下去的话，对方就不可能对自己心生好感。必须成为和对方对等的存在。因此，为了清算和玲亚之间的旧账，他把玲亚带来这里——一切开始的地方。

看，果然是同一种心理吧！从根本来说，都是希望对方平等地看待自己。这是足彦所有行动的原动力。“青梅竹马”“单相思”什么的都是冠冕堂皇的借口，其本质都是“别用高高在上的眼光看我！我和你是平等的！”——出发点都是自己的自卑心理。这便是兵务足彦的本来面目。

除了自嘲，还是自嘲。足彦总是这样。

① 著名的斯坦福监狱实验。证明环境可以逐渐改变一个人的性格，而情境可以立刻改变一个人的行为。

话题回到八年前，他们玩捉迷藏的时候。

那天，根据足彦的计划，包括足彦和透在内，多名来自三豆村的少年趁大人不注意，偷偷闯入了瓦尔哈拉。

他们听说，这座宅邸的主人，那个名叫御出院的有钱人病逝了。宽阔的场地、如同迷宫一般的本馆、跟游戏角色一般的雕像——对这群孩子来说，空无一人的瓦尔哈拉，是最好的游乐场。

他们玩了好几轮游戏。天色渐晚，必须回村里了。

可是，透依然不见踪影。

于是在场的孩子们决定，分头寻找透。

足彦在如同迷宫的本馆内搜索。在不安的驱使下，他时不时地低下头看看手表。如果不早点回去就糟糕了。恐怕不是被大人训斥一两句就能解决的。但是，透那家伙到底藏到哪里去了？那副体格又能藏到哪里去呢？

透身高体壮。与他相对，足彦身材瘦小。因此，和透说话时，他经常有种屈居人下的感觉。这一点也让足彦很自卑……

找不到。

足彦用双手支撑着膝盖，大口喘着气。

就在这时，一个人影出现在视野的角落。

是透吗？

足彦往人影的方向看去。

这时，足彦站在T字走廊“I”的位置，某个人正从“一”的地方通过。

只来得及看上一眼，对方便消失了。那不是透，也不是一起前来的同伴，而是一个有些半老的男性。

难道是房屋的主人、御出院吗？

是啊！七岁的时候，自己曾经见过他几次。

确实是御出院！

不，不可能。他不是病故了吗？

难道说……

那是幽灵吗？

他感觉到周围有些昏暗。眼前不知名的神像脸上的笑容也看起来格外阴森。

他没有勇气追上去。足彦沿着T字走廊的“I”往回狂奔。半途失去了方向感，他在立体迷宫的内部绕了好几圈之后，终于从五百四十扇门中来到了馆外的庭院。

当他回到门柱的时候，除了其他的小伙伴，透也在。

“你到底跑哪里去了呀？得赶快回去了。”

透看见足彦后，漫不经心地说道：“我倒想问你呢！”

安心感和委屈感交织在一起，爆发成为怒火。足彦气愤地质问对方：“你到底藏到哪里去了？”

透指向旁边的津利。

“我打开核避难所的金属门，里面是条狭窄的走廊，旁边堆满了瓦楞纸箱。我就藏在那里面。”他颇为骄傲地说道。

“你躲在那种地方啊！完全没有注意到……真不愧是透！”

其他的同伴用天真的语气称赞道。透变得更得意了。他手舞足蹈地说道：

“那个地方不错，对吧？不过我躲在那里的时候，好像有人来搜索过。那时候我有点慌张，不小心把最上面的箱子碰掉了。我以为自己一定会被发现，就屏住了呼吸。最后还是没被发现，运气太好了！那个人是谁啊？”

“现在不是说这些话的时候，”足彦打断了口若悬河的透，“时候不早了，赶紧回去吧。”

“好吧好吧！我知道了。”

透有些不耐烦。

足彦很生气，觉得有必要严肃地警告对方一次。不过终归没有说出口。并非因为透脾气暴躁，而是因为足彦小心谨慎。

孩子们未关城门，火速地回到了大人的身边。

这便是八年前捉迷藏的始末。

如今有了分辨是非的能力后，足彦当然不会轻信幽灵的存在。

如果那时候看到的御出院不是幻觉，那他可能出于某种理由，装作自己已经病逝并偷偷在馆内生活。

可即便如此，他都不可能在那天、那个时候出现在那里。

那是因为……

*

小樽猪知郎想到了自己的母亲。

五年前，猪知郎十四岁那年，母亲去世了。

母亲患了一种名为“黄金结石”的新型病症。她体内各处都形成了如同金块一般的结石，比普通的尿道结石要疼百倍千倍。患病时，全身都处于剧烈的疼痛状态，长久不息。

据说，母亲每天都会在病床上翻滚、哭泣、号叫。至于为什么用“据说”，则是因为当时的猪知郎无法忍受母亲痛苦的姿态，一直没有去医院探病，而是全权委托给了自己的父亲。想必母亲也不想让儿子看见自己痛苦的样子——他在心中将自己的行为合理化。事实上，是他自己不想看见而已。

因此，在听到了母亲的死讯后，他感到了深深的自责。自己应该陪伴着她走完最后的时光……

然而，更令他震惊的是自己母亲的直接死因并非病魔——至少猪知郎和他父亲不是这么认为的。即使如此，原因解释起来也很复杂。

当时，欧美已经发现了黄金结石的治疗方法——某种内服药物。然而，在当时，此药并未在日本获得官方认可。如果要在国内大规模使用，必须花费巨额资金从海外进口。而且这并非一次性服用的药物，而是需要长期服用的。这也就意味着患者家庭需要支付巨额的医药费。包括猪知郎的母亲，当时约一百位病患都没有财力负担如此昂贵的费用。

就在这种令人担忧的情况下，一位政治家站了出来。他就是时任厚生劳动省大臣的国府乘土。

此前，他任职国土交通省大臣的时候，把前任拖了许久的案子以极快的速度解决，因此获得了国民的支持。他精明强干的特点也在这件事上得以完美发挥——他以最快的速度让该药物获得了日本的官方认可。

因为这一壮举，绝大部分的黄金结石患者都从病魔的地狱里被解救了出来。

只有两人，恐怕是药物的副作用，他们在服用药物之后出现了休克症状，都不幸去世了。

其中一人就是猪知郎的母亲。

在此事发生以前，黄金结石患者的家属都团结一致，互相勉励，连募集资金都是统一进行的。可是，从结果来看，绝大多数人都恢复了健康，纷纷对药物和乘土赞不绝口——只有两名病人因药物而死。对这两名病人的家属来说，此时的他们就像身穿丧服出现在结婚仪式中一般不知所措。

国府乘土是拯救多名生命的英雄，还是夺取两名患者性命的凶手？

在各家报社的激烈议论中，结论迟迟无法得出。其中有一则报道批判了国府大臣的应对虽然迅速，但没有重视质量。报道指出，为了自身的政绩，为了获得国民的拥戴，他忽视了药物进口必须进行的一部分安全检查。

“我无法原谅国府乘土，我们一起起诉他吧？”

另一名去世病患的家属提出了建议，父亲同意了。

看着为了打官司而奔走操劳的父亲，猪知郎在心中冷笑。就算打赢了官司，母亲也不可能生还。况且，这件事真的是国府大臣的错吗？他引进的并不是毒品，而是拯救了一百人中的九十八人的良药。如果得不到使用许可，这些病人还要继续遭受无尽的痛苦。

就连身为遗属的猪知郎都有这种想法，理所当然地，父亲败诉了。

在日本，一百名使用药物的患者中只有两人死亡。不仅如此，欧美几乎没有死亡案例。更何况，黄金结石的具体病因本来就没有完全搞清楚。综合以上原因，无法断定两名患者是因为药物的副作用而死亡，而且国府大臣也不可能预料这种情况的发生——这就是判决的结果。

父亲因为败诉受到打击而陷入了茫然，就连猪知郎自己也心灰意冷。这件事根本就不存在犯人这一说。

然而，坐在旁听席的猪知郎听到了……

被告席上的乘土在离席时，一脸厌恶地喃喃自语：

“真是没想到，竟然被救下的狗反咬了一口……”

听到这句话后，猪知郎猛地看向了父亲。然而处于茫然状态的父亲仿佛充耳不闻。其他人也没有对乘土的这句话做出反应。似乎刚才那句话只有猪知郎自己听见了。

猪知郎把视线转向离开法庭的乘土。那张嘴唇紧闭的侧脸上充满了傲慢的神情。

（被救下的狗反咬了一口？）

这句话如实地表达了他的真实想法。对乘土来说，黄金结石患者的生命在他眼中根本不值一提。他眼里只有自己的政治生涯，只有国民的选票。

刚才自己虽然在想“根本不存在凶手这一说”，结果证明是自己想错了。凶手就是乘土。他就是杀害母亲的罪魁祸首。

无法原谅。

猪知郎决定化身为复仇者。

然而，自己只是一介草民。在足以撼动国家的大政治家面前，自己比蝼蚁还要弱小。该怎么复仇呢？猪知郎一直都想不出什么好方法。

事情在他进入大学后发生了转机——他遇见了玲亚。她正是乘土的女儿。

以眼还眼，以牙还牙。夺取我家人性命的仇，就用你家人的生命来偿还。猪知郎决定将玲亚当成自己复仇的对象。

猪知郎装作一副对玲亚有好感的样子，顺理成章地加入了探险部。没过多久，他便得知众人要去瓦尔哈拉探险的计划。这是自己复仇的绝佳机会。

于是，在今天，他隐藏着复仇的利齿，压抑着激动的心情，和玲亚一行人来到了瓦尔哈拉。

进入瓦尔哈拉前偷拍玲亚，这本是自己复仇计划的其中一环。不巧的是被零发现，照片也被删除了。聒噪的看门狗——就在他这么想的时候，接下来发生的事情更让他震惊。

没想到零竟然是乘土的儿子。从他和玲亚的姓氏不同，以及他们隐瞒了兄妹关系来看，他应该是乘土和情人之间生下的孩子。

无论如何，他获得了一张新的底牌。猪知郎开始重新筹划起他的复仇计划。

接着，零死了。

只剩下玲亚一个人了。

*

降续林檎回想起自己和神明大人相遇的那天。

九年前，自己十岁的时候。

当时的她瞧不起这个世界上的所有人。

那天数学课上发生的事情也让她很不开心。

当时小学四年级的她正在学习分数。自己的班主任、年轻的女老师在黑板上画了一个歪歪扭扭的蛋糕，问同学们：

“三分之一，意思是一块蛋糕切成三等份，拿走其中一份。如果拿走其中两份就是三分之二。拿走其中三份的话就是三分之三，拿走四块的话就是三分之四……”

“老师……”一名成绩不好但是态度积极的女孩子举起了手，“为什么切成三等份的蛋糕有第四块呢？”

真蠢。林檎心想。硬要用自己身边的东西举例子，有时候只能起到反效果。三分之一，也就意味着三等分之后的其中之一。三分之四的话就是三分之一的四倍，这么简单的问题都解释不清楚。而且，既然选择用蛋糕来举例子，为什么在解释三分之四的时候不再加一块蛋糕呢？

我倒要看看，老师会怎么解释……林檎默默地等待对方接下来的行动。年轻的女老师露出了一个逗趣的笑容。从她嘴里说出来的话让林檎不禁怀疑起自己的耳朵。

“嗯……老师太笨了，所以不知道……”

林檎被对方的态度激怒了。她举起手，站起身来。不，或许是先站起来才举的手？现在不是考虑这些的时候。总之，她非常生气。

“老师的解释也太儿戏了。这样也能当老师吗？认为用蛋糕举例的话学生能更容易理解吗？这只不过在把学生当傻子吧！三分之一就是三分之一。三分之四就是三分之四。这样教不就好了吗？嗯？难道是因为老师的指导手册上写着现在还不能教学生更复杂的知识，所以才傻笑蒙混过关吗？如果是这样，这种照本宣科的教育方式真是垃圾！早点毁灭吧！”

她把自己的心里话都说了出来。

女教师先是愣了愣，接着又露出了可恶的傻笑。

“抱歉呀……因为老师教得不好，又惹降续同学生气啦……”

教室里发出一阵哄笑。

对于林檎来说，这种笑容仿佛是对自己的嘲讽。明明他们比自己要蠢多了，却把自己当成傻瓜一样看待……

“要是这样的话，你还不如赶紧辞职！”

林檎将铅笔用力摔在课桌上，表达自己内心的愤怒，接着就气冲冲地离开了教室。教室传来喧哗声。可是走廊却是静悄悄的，空气也令人身心舒缓。所以，她很喜欢上课时的走廊。相反，课间的走廊让人厌恶。

林檎在上课的时候离开教室已经是家常便饭了。刚开始，班主任还会追出来。不过最近好像也放弃了。不过，万一追出来的话又会有一大堆麻烦事——林檎撒腿就跑。她快速地转过拐角，飞奔着下了楼梯。

如果世界能够毁灭就好了。林檎想。

除了自己以外，所有的人类全部灭绝。然后，最好再诞生出一种能和自己的智商相符的新生物。

然而，现实中不可能发生这种事情。少女时期的降续也明白。

那就只能自己消失了。

自杀——绝对不可能。是杀人才对。是愚蠢的世界杀害了我。

我毁灭的那一天一定会到来吧！林檎有些恐惧。同时，她无法压抑心中的愤懑。为什么总是蠢货长寿，聪颖的自己却必须消失呢？不，我不想死。

“我不想死……”

她喃喃自语道。声音回荡在安静的走廊上。令她震惊的是，回声比自己想象中的还要大。不过，并没有人注意到她的声音，也没有人回应她。所有老师都在忙着教授九九乘法表这种愚蠢的东西，而所有学生也在忙着背诵——规避死亡的方法，小学里没有人会教。

（去外面放松一下吧。）

林檎离开了教学楼，在庭院里散着步。

途中，她发现一楼的其中一扇窗户开着，但窗帘是拉上的。

那是计算机室。从这几年开始，小学也开始上计算机课了。

从窗帘后并未传来上课的声音，里面应该没人。应该是老师在锁门时并没有注意到窗帘后的窗户没关。

（上网打发一下时间吧。）

林檎翻过窗户，进入了计算机室。

她打开了一台窗边的电脑，点开浏览器。浏览器的主页是这所小学特有的、土得掉渣的官网。自己可不是来上这种网站的。她在地址栏中输入了一串 URL，进入了搜索引擎的界面。

林檎稍作思考，在搜索框中输入了以下内容：

即使世界毁灭，自己也能活着的方法。

如果输入的不是单词或短语，而是像这样的长句子，很可能搜不出什么有用的结果。林檎有上网的经验，所以心里也清楚。这只不过是她类似于占卜的行为，能够搜索出的结果全凭天意。反正也只是打发时间而已。

网页上出现了一长串的搜索结果。林檎并没有抱什么期待，机械地翻看着每一个网址。无聊的生存指南、无聊的电影宣传、无聊的经济批判和自我启发……基本和自己预想的相同，都是些没什么价值的情报。

林檎正准备点“返回”按钮时，一个网站的内容吸引了她的目光。

总有一天，世界一定会因为核战争而毁灭。《埃达》记录了这

则预言。在这一天到来之时，人类该如何生存下去？《埃达》同时也传达了这样的信息：只有极少数的生命会存活下来，他们将在“黄金宫殿”津利中继续生活下去。津利是指“与火焰相对，受到庇护的场所”。在核战争中，指的是核避难所。

（这是什么啊？）

林檎迫不及待地操控鼠标点击了网页的链接。

网页的设计是黑色的背景加上红色的字体，充满了地下网站的神秘感。

而这篇文章的内容，正是她一直渴望的信息。

这个愚蠢的世界肯定会迎来毁灭。只要自己逃亡津利，也就是核避难所，就能够生存。而网站的管理员也准备在深山里建立一处核避难所，以应对核战争的到来。

这简直就是神明的启示！

对方会让自己躲进避难所吗？不对，比起这种厚颜无耻的请求，不知道对方能不能再告诉自己一些具体的信息呢？

她想和网站的管理员取得联系。迫不及待地。

管理员在网站上留下了邮箱地址。因为林檎的父母给她配备了手机，所以她可以使用自己的手机发邮件。

然而有个问题。

网站的最后更新日期已经是好几年前了。就算现在给管理员发邮件，对方真的会回复自己吗？

可是自己又只有这一个联系方式。

林檎抱着试一试的心理，给对方发了邮件。邮件中提到自己是小学四年级的女生，对网站的内容很感兴趣，希望对方可以告诉自己更详细的信息，以及对这么早发布的文章提问十分抱歉等一系列内容。

林檎紧紧地握着手机，等待对方的回信。只听得见墙壁上钟表秒针走动的声音、老式电脑的运转声，还有自己的心跳声。这大概就是初恋的感觉吧。她心想。

没有回信。毕竟是好几年前的邮箱地址，这也是理所当然的结果。对方现在很可能已经更换了邮箱地址。

更何况要和神明接触，这件事更让自己诚惶诚恐。

林檎正有些失望地收回手机……

室内突然多了一种声音。

那是手机收到新邮件的铃声。

林檎激动又紧张地打开了邮件。

那便是自己和神明的第一次交流。

神明给了林檎新的启示。这给她带来了比阅读网页还要巨大的冲击。神明的低语在她的脑海里产生了大爆炸，全新的宇宙诞生了。

从那以后，对林檎来说，御出院就是唯一的神明，瓦尔哈拉便是圣地。

因此，在听说透和足彦八年前曾经在圣地里捉迷藏的事情后，她因圣地被污染而产生了强烈的愤怒之情。

这种感情可能更接近于杀意吧。

*

国府玲亚想起了今天早上梦中的内容。

大学校园内、车站、购物中心……在一片背景不停变换的奇妙空间中，她被人不断地追赶。

每次回过头，追赶者的脸就会变化。零、透、足彦……还有六骑、林檎和猪知郎。前面三人都有憎恨自己的动机。而后面三人……说不定自己在不知不觉中也做过什么让对方憎恶自己的事情。

小时候，玲亚曾经听母亲说过《三张护身符》① 的故事。小和尚为了躲避山姥② 的追捕，使用了驱邪的护身符，但无法奏效。同样地，玲亚也在心中默念“请原谅我！”，然后拿着一万日元的钞票当作护身符洒向对方。追赶者依然无法原谅自己，一直跟在自己身后追赶。

最后，她躲进了厕所的隔间，锁上了门。然而，门却剧烈地摇晃了起来——接着她便醒了过来。

所以，在这种情况下，她开始觉得，自己还没从梦中清醒过来。透被刺中胸口死了，零被切成碎块死了，自己被六骑的无人

---

① 《三张护身符》，日本民间传说。大致内容是小和尚上山捡栗子时被山姥追赶，他用老和尚给他的三张护身符依然无法消灭对方。最后老和尚用智慧消灭了山姥。

② 山姥，日本民间传说中的一种妖怪。居住在山中，外表和老婆婆一样，可以读取人心。

机追赶着——这些应该都是梦吧。玲亚在梦境与现实之间挣扎，在黑暗的迷宫中彷徨。

她推开了距离自己最近的一扇门，走进了一个类似接待室的房间。和自己梦中出现的厕所不同，房门上并没有锁。不过她打算把这里作为自己的藏身处。

架子上的一个相框，出现在有些模糊的视野中。玲亚走到架子旁，拿下了相框。

照片上，瓦尔哈拉的城门前，两名半老的男性并排站着。其中一名是面部五官线条分明的白发男性，另一名是露出豪迈的笑容、满面胡子的男性。

翻到相框的背面，上面写着“××年×月×日，和伊山氏”的字样。

伊山——恐怕就是参与建造瓦尔哈拉的建筑家伊山久郎。说起来，这名满脸胡子的男性应该就是伊山了。玲亚为了了解基本情况，在网上搜索过伊山的信息。那么这名白发男性应该就是御出院了。

她的脑海中涌现出某种不可思议的感觉。这名应该是御出院的男性，自己好像在哪里见过。可是自己在搜索御出院这个名字时，网上却没有相关信息。

并不是在网上，而是更早之前见过……

有些迟钝的头脑中，久远的记忆慢慢地复苏。

对了。那是十三年前，玲亚七岁时发生的事情。

她和零当时在自家宽广的庭院中玩着皮球。他们听见大门处传来了男性洪亮的声音——“拜托!”

“‘拜托’是什么意思?”玲亚询问零。

“就是请求对方的意思。”零回答道。

“哼!哥哥你怎么什么都知道呀!不过,他既然请求我们的话,那就是客人了对吧?是不是要出去迎接一下呀?”

“他不是按了门铃吗?”

零的推测是正确的——住在宅邸内的管家朝正门走去。

他们只能隐约地听见对方的谈话,好像在争论着什么。

“他们在说什么呢?呐,我们要不要悄悄靠过去听?”

“不,还是别这么做了。”

“咦……为什么呀?去听听看不行吗?”

“大人聊的话题,小孩子最好不要听。”

当时的零还不是很听玲亚的话。然而在玲亚的死缠烂打下,最后,她还是硬拉着零的手,向正门靠近。

他们躲在正门旁边的灌木丛里。这里能清楚地听见两人的对话。

“能让我和国府先生见上一面吗?不会耽误他太久时间的。”来访者央求着。

“非常抱歉,老爷他不会和任何人见面。请回吧。”管家说道。

“‘请回’,是什么意思?”玲亚小声地询问零。

“就是请你回去。”

“为什么要赶他回去呢?让爸爸见他一面不就好了?”

“毕竟有各式各样的人来求爸爸办事嘛。”

各式各样的人到底是哪种人？玲亚正在思考时，来访者的声音再次响起。

“没办法。我也不想在这种地方给你看……”

咔嗒咔嗒，好像是公文包打开的声音。

“看吧。这里有五千万。我本打算把这笔钱给他的……”

“啊……请等等！”管家有些慌张地说道，“请别在光天化日之下拿出这种东西呀！请赶快收起来……”

“毕竟你不愿意答应我的请求。”

“好吧。总之……我去找老爷再确认一次。非常抱歉，请在此稍作等候。”

“不管多久我都会等的。我已经习惯等待了。我一直在等着诸神黄昏的到来。”

来访者留在门外，管家回到了宅邸中。

“哇，五千万呢！”躲在灌木丛里的玲亚有些兴奋，“是我每个月零花钱的一千倍！”

“可能是行贿。”零喃喃地说道。

“行贿？”

“就是给政治家塞钱。”

“这么做不好吗？”

“在日本，政治家不能以个人名义收钱，有可能违反法律。”

“咦，哥哥真的学了好多东西！”

“毕竟我地位比较低。”

没过多久，管家就回到了正门前。

“抱歉让您久等了，请进吧。”

管家打开门，招待来访者进入。

就在这时，玲亚看清了来访者的长相。与她最喜欢的连环画中登场的国王很像——五官像西欧人一般线条分明。

那便是御出院。

管家领着御出院进入宅邸。玲亚拉着对此毫无兴趣的零，偷偷地跟在了后面。

管家把御出院带到接待室后，便离开了。随后，管家和乘土一起回到了接待室。乘土一个人走进了接待室。玲亚和零把耳朵贴在接待室的门上听着里面的对话，零被玲亚强迫着，一脸的不情愿。

“御出院先生。我听说过您的大名。最近好像在三豆村附近建了个气派的大宅吧？您可真是老当益壮啊。”

“唔，今天我正是为了此事而来。”

“是吗？”

“那我就开门见山了——这里有五千万日元。你可以随意使用。”

“哈哈哈……按照我的理解，您是想对我说：钱我给你，赶快收手。可是，就算您给我再多钱……”

“不，请别误会。我可是站在同意你这边的。这笔钱就当作你的资金吧。”

“喂！你们两个！”

这句话在两人头顶炸响。玲亚吓了一大跳。他们身后站着端着托盘的管家。托盘里放着两杯茶水。

“不可以偷听别人说话。”

“但是……”玲亚刚想辩解。

“对不起。”零就立刻低头道歉。

“走吧。”

这次是零抓住了玲亚的手，把她拽回了庭院。

心情不快的玲亚拿着皮球拼命地砸零……

十三年前发生过这样的事情。

现在的玲亚已经知道，那时的来访者正是御出院。结合这一点来考虑，他给乘土五千万日元的行为就很奇怪了。而且并非为了让乘土停手，而是为了援助乘土的那个行动，提供五千万日元作为资金。以御出院的立场，他本不应该做这种事……

他这么做的目的到底是什么呢？

说不定，这个目的中就隐藏着解决事件的关键线索。

（这起事件……）

思考刺激了大脑。

（对了，事件！）

之前所发生的一切并不是梦，而是血淋淋的现实。绝不能逃避。

玲亚终于从半梦半醒的状态中完全清醒了过来。

接着，她便察觉到某种异样。

眼前有个人影。

她吓了一跳，不过丝毫没有惊慌，对方是探险部的成员之一。

玲亚刚准备喊出对方的名字。

然而在那之前，对方的一只手就已经朝着玲亚的方向伸了过去。

胸前被某种冰凉坚硬的物体贯穿了。

玲亚低下头，呆呆地看着自己的胸口。

对方的手腕深深地插进了玲亚的胸口。不，不对。是小刀。对方握着的一把小刀，此时深深地刺入了玲亚的胸口。

"你……你是……"

凶手吗?

在她说出最后三个字之前，对方就把小刀突然转动了九十度。

伴随着剧烈的疼痛，玲亚很快就失去了意识。

*

飞鹰六骑躲在灌木丛中，静静地盯着不远处的面包车。很可能是凶手的零应该很快就能到达面包车。然而，无论自己怎么等，零都一直没有出现。

(真奇怪。)

海拉说道。

"是啊，说不定是想让我等得不耐烦，引我自动现身吧……"

为了确认状况，他再次操纵起在走廊的小房间中待机的芬里尔。从本馆的东侧来到庭院后，便径直向着城门处前进。到了城门处后，六骑用探照灯照亮了彩虹桥。没有零的身影。再往城外走的话，芬里尔一定会被卷入暴风，无法操纵。因此外面是不能探索了。

（不会是从桥上掉下去了吧……）

“别说这种不吉利的话。我更愿意相信他是凶手，正躲藏在某个地方。我不希望再有任何人丧命了。”

他想到了被杀害的透，也想到了“殉职”的黑羽刑警。

（嗯。）

海拉老老实实地说道。

“总之，再回本馆巡视一圈吧。无论如何，和大家会合才是最优先的。”

六骑操纵着芬里尔回到了本馆，沿着顺时针方向环绕着走廊。

转过了第一个转角。

继续前进的时候，视野里出现了某种东西。

六骑原本以为是散落在地面上的木片和碎石。靠近了之后，他才发现自己想错了。

那是人体的碎块。是零。

这时，探险部的其余成员还未从王座大厅出发。因此还没有发现零的尸体。从时间先后来说，第一个发现零的尸体的人是六骑。

六骑作为侦探，资历尚浅。他也是第一次见到如此血腥残酷的场面。给予他的冲击力远比发现透的尸体时要大得多。他不由得捂住了嘴巴。

零……

他是第一个察觉到自己骨折的人。他总是冷静地观察着周围。不仅如此，他还对着玲亚有着不自然的爱意。

聪明却又笨拙的零。

为什么？六骑怒火中烧，对于真相的渴望异常强烈。

为什么？世界本该向我展示真相。

如果真相藏在黑暗里——那就由我来揭露吧！

六骑开始了搜查。

首先浮现在脑海的疑问是……

“为什么本应该翻过彩虹桥的零出现在这里——走廊的南侧？”

（不太可能吧？）

“没错。而且，还有另一个不可能出现的情况。”

六骑操纵着芬里尔，用摄像机检查了尸体的每个部分。虽然在视觉上让人感到恐惧，但一想到这是同伴的身体，恐惧就转化为了敬畏之心。

如果是这样……

“凶手到底用了什么手段？”

海拉也在默默地思考，不过依然没有想出什么有力的假设。于是，她提出了另一个问题。

（零的所有部位真的都在这里吗？看现场散乱的状况，会不会有其他部分在外面呢？要不要出去看看？）

“说得对。我马上调查一下。”

六骑操纵着芬里尔，从五百四十扇门的其中一扇来到了馆外。正如海拉所说的那样，六骑在庭院的地面上找到了零的左手。除此之外还有一些肉块。唯独右腿不见了。

他同时也确认了周围的情况。左手边是津利。正对面是芬里尔的雕像。它仿佛刚撞破了墙壁，正对着无人机露出血盆大口。

那边也去调查一下吧——六骑操纵着芬里尔，把摄像头对着雕像嘴巴的位置，向着雕像处前进。

不可思议的是，画面中的芬里尔雕像丝毫没有靠近的迹象。是六骑的芬里尔无法继续前进。

（奇怪。这是怎么回事？）

“难道是芬里尔胆怯了？不，说不定……如果是这样，那零他……这八年间一直……可是，这种事情真的有可能发生吗？”

（你搞清楚什么了吗？）

“搞清楚……还不能这么说。我只是想到某种不太可能的假设罢了……”

（不太可能的假设？）

“因为……算了，要解释起来太麻烦，我之后总结一下再告诉你吧。现在最重要的是与大家会合。”

六骑操纵着芬里尔返回本馆，再次向着黑暗的迷宫进发。

几分钟之后……

在十字路口处，他遇到了剩下的成员。

“终于……”

（终于见到了！）

六骑因为再会的喜悦，操纵着芬里尔，向着他们前进。接着，芬里尔被大家包围了。他控制着芬里尔盘旋着，看着大家的表情。

接下来，其中一位成员捏着右小臂后退了几步。小臂上出现了一条美丽的伤痕，接着便溢出了鲜血。难道是我不小心碰到了吗？

“糟糕！”

（碰到人了吗？！）

然而，鲜血立刻就遮住了摄像头的视野，六骑无法确认刚才受伤者的身份。六骑拼命地回忆着刚才那名成员的衣服颜色，可出现在脑海中的只有鲜血的红色。因为混乱，他没法冷静下来思考。

接下来的一幕，让六骑陷入了更大的混乱。

成员们纷纷逃走了。四个人沿着四条不同的道路，连滚带爬地离开了芬里尔所在之处。

六骑慌忙追向了其中一个人，但他立刻就撤了回来。

事已至此，六骑总算察觉到了那个之前一直被忽略的问题。

（为什么会这样？！）

“恐怕……他们怀疑我是杀人犯吧？”

（不会吧！两腿骨折的人怎么杀人呀？）

“唉，只要说我的石膏绷带是伪装的就行了。虽然不知道他们有没有发现透被杀，但至少他们一定发现了零的尸体——其他人很可能都待在一起，而没有不在场证明的人只有我。再加上刚才发生的流血事故，让他们内心的恐惧一下子爆发了……大概是这样吧。”

（这样的话……还是不要去找他们比较好吧？如果再像刚才那样让他们恐慌，反而会让他们陷入危险。）

“这确实是个难题。但是……我还是必须去找他们。无论是凶手还是凶手接下来的目标，只要能确认其中一个人的行踪，都有可能阻止下一次的行凶。总比袖手旁观强得多。”

（是……是啊！）

六骑再次开始搜索，但他的心情比起刚才要紧张许多。一方面，他希望自己能够尽快找到其他人；另一方面，他又不希望其他人发现自己。这种心情就像不想被暗恋的对象当成跟踪狂一样……

六骑操纵着芬里尔准确地按下门把，打开了一扇房门。他从一个小房间移动到另一个小房间。只不过，每打开一扇门，对六骑来说都是一项繁重的劳动。分散在本馆内的成员们好像知道这一点，为了削弱无人机引以为傲的机动性，他们在逃跑的同时关上了所有的房门。

终于，六骑发现了一扇打开的房门。这也就意味着有人刚刚通过了这扇门，而且很可能就在附近。六骑不禁咽了咽口水，操纵着芬里尔缓缓前进。

这是个类似接待室一样的房间……

（有人倒在那儿！）

“玲亚！”

芬里尔快速地靠近。她身体右侧向下，侧躺在地上，胸口插着一把小刀。痛苦的表情、睁大的双眼一眨不眨——和发现透的时候一样。

“没救了。她已经死了。”

（怎么会……连玲亚也……）

玲亚……

虽然靠着透和足彦，自己找到了作为侦探的“武器”，但真正的所有者，把它借给自己的人是玲亚。如果没有她，现在的自己也就不复存在了。虽然看起来有些傲慢，事实上十分在意他人对自己的看法。总是像赎罪一般对探险部的成员施以恩惠。

强势却又脆弱的玲亚。

无法原谅凶手——不，该说是这个现实更合适吧？

六骑用颤抖的手指控制着遥控器，仔细地检查玲亚的尸体。

检查的结果，他得知了一个事实。

玲亚从进入瓦尔哈拉起就一直带在身上的某样东西不见了。环绕房间一周寻找，依然没有发现。想必是被凶手带走了吧。

如果凶手的目的是那个……

六骑感到一阵战栗。

说不定，这起事件要迎来最坏的结局。

第五章　还是无人机侦探

不知是何时的回忆……

城市里没有星星的夜空。独孤地飘荡在夜空中，宛如量角器一般美丽的半月。一道时不时遮住月光的黑影。

那是只不愿归巢的鸟儿吗?

不，是一架小型无人机。

这是幢只有一间房的小公寓。母亲刚刚出门上夜班，六骑就坐到阳台上，放飞了海拉。

他听见了少女的声音。好像是从遥远的月亮那里传来的声音，又好像是在耳边的窃窃私语。

（你说……为什么在诸神黄昏之后，巴德尔会复活呢?）

六骑回想起北欧神话的故事。为了替被害的三个孩子复仇，洛基蒙骗了奥丁的儿子霍德尔，让他失手杀害了自己的哥哥巴德尔。霍德尔为了替巴德尔复仇但惨遭毒手，被送往了洛基的女儿海拉支配下的、收容除了战死者以外所有死者的国度。奥丁曾恳求海拉，让她复活巴德尔，却因为洛基从中作梗而失败。不过，在诸神黄昏结束后，巴德尔和霍德尔同时复活，他们与生活在津利的人们一起为了世界的复兴而尽职尽责。不过，两人复活的原因，神话故事里却从未被提起。

“大概是因为管理死亡之国的海拉战死了吧？虽然神话里并没

有提到诸神黄昏中海拉的结局，但想必应该和洛基、芬里尔，还有耶梦加得一样，死在了战场上吧。”

六骑说出了自己的推测。

（可是这样一来，除了战死者之外的所有死者都应该一起复活才对啊。但在神话里，复活的人只有巴德尔和霍德尔两人吧？）

合情合理的反驳。六骑沉默不语。趁此机会，海拉继续说道：

（在北欧神话故事里，应该只有海拉一人能够复活死亡之国的死者。如果不是这样，奥丁也不会低头请求自己的敌人，在复活失败后也会尝试其他的手段。所以，复活巴德尔的人只可能是海拉。）

“巴德尔和霍德尔……他们都是自己仇人奥丁的儿子。海拉为什么要特意复活他们呢？而且她刚刚在诸神黄昏中失去了自己的父亲和兄弟……”

（接下来都是我的推测……巴德尔是光明之神，光辉美丽的化身。而海拉却是半身腐烂丑陋的女性。所以，刚开始她应该对巴德尔抱有某种自卑感吧。）

在反射着太阳光线的半月的背景下，半黑半白的无人机继续说着：

（可是巴德尔却接受了丑陋的海拉。他对谋杀了自己的洛基的女儿非常温柔。当然，简短的神话故事不可能有这些内容。可是不难推测。毕竟巴德尔还有一个绰号——“海拉之友”。如果他只是个被邪神囚禁在死亡国度的可怜人，也不可能有这个绰号。）

这架被六骑冠以“海拉”之名的无人机接着说道：

（对于美丽温柔的巴德尔，海拉一定怀有爱慕之心。所以她才会把巴德尔，以及他的兄弟霍德尔复活。）

“如果爱慕对方，把他留在自己身边不是更好的选择吗？”

（正相反。正是因为爱慕对方，正是因为认可对方，所以海拉才明白，巴德尔对于新世界的复兴是不可或缺的存在。）

不知为何，六骑有些急切地反驳道：

“但是，这是与洛基遗志相违背的行为！这是对自己父亲的背叛！”

（不是这样的。她一直都尊敬自己的父亲。可没必要因为这种感情而自缚手脚。正因为自己活着，才更要活出自己。已经逝去的人的是非对错——都只是神话故事而已。）

神话故事……

这句话具有非同寻常的意义，六骑如同醍醐灌顶一般，默默地思考着刚才的谈话。海拉也一言不发，只有螺旋桨还在发出低沉的声音。

*

时间回到现在。

通过芬里尔的摄像头，飞鹰六骑检查完玲亚的尸体，喃喃说道：

“那个没了……”

海拉问道：

（什么没了？）

“你来看看。”

六骑把显示器上玲亚尸体的拍摄画面放大。

（啊，还真没了！难道是凶手带走的吗？如果是这样，情况就糟透了！）

海拉也意识到了问题的严重性。

“没错。如果凶手的目的是那个，很可能会演变成无差别杀人。最坏的结局就是……除了凶手之外的所有人都会被杀死。”

这句话说出口的时候，这一假设立刻就有了真实性。他感到自己的后背冒出了冷汗。在事件迎来最坏的结局之前，自己必须做些什么……

（还是让我飞去三豆村……）

“绝对不行！”六骑断然拒绝道，“在这样的暴风雨里，我不能让你冒这种险！”

这不符合黑羽刑警的做派。所以，现在需要的是思考。在这种状况下，黑羽刑警会怎么做？

就在这时，他用余光看见画面抖动了一下。看样子芬里尔似乎撞到了什么东西。六骑慌忙地控制着芬里尔，画面总算停止了抖动。

他操纵着芬里尔在四周盘旋，确认状况。原来，无人机刚才无意间碰到了玲亚的尸体。她右手小臂的皮肤都翻卷了上来——芬里尔在她身上留下了一道丑陋的伤痕。虽然已经死了，但自己又给她留下了一道伤痕……

六骑对着画面中玲亚的尸体默默地道歉，突然他意识到……

这道伤痕……

难道！

“抱歉，玲亚，让我再试一次吧！”

他控制着芬里尔，再次撞向了尸体的右臂。刚才的伤痕旁，出现了另一道丑陋的伤痕。

（你在干什么啊？！）

海拉有些震惊地责备道。

然而，六骑并不打算停手。他控制着芬里尔，一次又一次地撞向了尸体的右臂。高速转动的螺旋桨划破了皮肉。没过多久，玲亚的右臂就已经血肉模糊了。

（你到底在干什么？！）

海拉用惊恐的颤音说道。

六骑抬起头来，回答道：

“我知道凶手的身份了。”

（真的吗？！）

“没错。可是……”

兴奋感在瞬间消失得无影无踪。即使知道了凶手的身份，现在的自己又能做些什么呢？根本无法把这一消息传达给其他人。不，就算能够告诉其他人凶手的身份，但以现状来看，有可能反而会让他们更加恐慌。现在首要的任务，就是让所有人逃出瓦尔哈拉。

但是，怎么让本馆内的三个人逃出去呢？

快想，快想，快想！

当他回过神来，脑海里就只剩下“快想”两个字了。他意识到，自己陷入了徒劳的思考中。他用力甩了甩脑袋，把自己的思绪归零。可自己的意识依然模糊，甚至心情还有些不快——他依然想不出什么好主意。

这就是自己能做到的极限吗？

六骑原来认为即便自己没有推理的才能，只要有了无人机做翅膀，就可以发生质变。结果却是这副样子。已经死了三名同伴，自己也救不了剩下的三名同伴。

难道我无法成为黑羽刑警？

儿时的记忆逐渐复苏。穿着漆黑大衣的黑羽刑警英姿飒爽地出现在自己眼前。以生命为代价救下了自己。

我无法成为那样的男子汉。

也许我本来就没有这个资格。

毕竟我什么都不是。不仅如此，我天生只有这副身体。比常人弱小得多的身体。我只不过是……

（对，你无法成为黑羽刑警。）

仿佛神明的启示一般，熟悉的声音在耳边炸响。

海拉。

六骑不禁有些发愣。

没想到连自己的伙伴都这样认为……

下一秒，他却有些自嘲地笑了笑。

海拉说得一点都没错，在这次事件里，自己的确没有帮上任何忙。

六骑张开嘴，准备表示赞同。

在此之前，海拉又继续说了下去。接下来的话是她一气呵成的。

（你无法成为黑羽刑警。因为你本来就不是其他任何人。快想想，大家都叫你什么？无人机侦探。对，你就是无人机侦探。）

“无人机侦探？”

对六骑来说，这个称号简直就像儿时欺凌自己的孩子们给自己起的外号一样。他对这个称号忌讳颇深，避之不及。

六骑条件反射地拒绝道：

“别叫我那个名字……叫我‘黑羽的继承者’……”

话说到一半停下了。

“不，我已经不配用黑羽这个名号了……我没能成为黑羽的继承者……”

（你在说什么呀！那不是理所当然的吗？）

“理所当然？哈哈……”他干笑着，“是啊。的确是理所当然。我只是个没有任何优点的小矮子罢了……”

（啊啊啊！烦死了！我不是这个意思！我只是在说，你才不是谁的继承者！自己就是自己！）

“自己就是自己？”

（是呀，你是“无人机侦探”飞鹰六骑。你不是其他人，就是你自己。）

“我是无人机侦探？”

（是呀，无人机侦探——操纵着无人机抓捕犯人的侦探。我也只是一架无人机而已。你用做侦探赚来的报酬买的第一架无人机。）

“不对……你是海拉……黑羽刑警的最佳搭档……”

“这个世界哪有翅膀是螺旋桨的乌鸦啊！睁开你的眼睛，好好看清楚！看着我机械的身体！”

“机械……”

“是呀，我的身体是机械的。所以我不会死，只会坏掉。你刚才说过，在这种狂风骤雨里，没法让我冒这种险吗？确实，我可能没法安全返回，但你只要再买一架新的就好了。所以让我出发吧！”

“不对……你是……”

她究竟是什么呢？六骑低下头看着手中的海拉。一半是黑，一半是白。一半代表了光明，一半代表了黑暗。

她又接着说了下去：

“洛基和奥丁就是因为轻信了所谓‘诸神黄昏’的‘神话’，才会沦落到这种结局！你必须把自己的神话打破！对你来说，《黑羽刑警》就是你的神话故事！快点从梦里醒来吧！看一看现实！”

六骑回过神来。

风雨声突然变得嘈杂了起来。自己竟然身处这种巨响的环境中——这让六骑感到十分震惊。

热死了。当然了。明明正值盛夏，自己却裹在这么厚的大衣里。

为什么自己要穿成这样呢……

因为黑色的大衣是黑羽刑警的象征。

但是对于现在的自己来说，已经不需要这身行头了。

六骑脱下了黑色的大衣，扔到了泥泞里。纠缠在身上多时的热气瞬间消失。头脑也变得清晰很多。

因为自己舍弃了不必要的负担——一定是这样。六骑突然灵光一闪，他想到一个可以救出在瓦尔哈拉中三名同伴的方法。比控制无人机飞到三豆村的成功概率更高的方法。

当然，这种方法同样也需要抱着无人机坠毁的觉悟。

——不过是无人机而已，有什么大不了的。

六骑做了个深呼吸。他对海拉说道：

“海拉，我有个请求。不，不是请求……是我来操纵你。我把写有目前状况的求救信固定在你身上……然后控制着你飞往某个地方。”

“我明白了！”

他仿佛听见了海拉充满信心的回答。

*

与此同时，本馆内……

X下定决心，要把所有人都杀光。

从现在的状况来看，从玲亚那里拿走的那个已经足够完成自己的计划。可是暴风雨依然没有停歇的迹象，考虑到之后的问题，还是把剩下的两个人杀了，把他们的那个也夺走——这种做法无疑要更加保险。

都怪暴风雨没有停。如果暴风雨停了，自己也就不用杀人了。是暴风雨逼着自己行凶的。所以，暴风雨才是真正意义上的犯人。罪不在自己。

只要暴风雨停了，我也不会杀人……

X突然想到……

（策划连环杀人的犯人，竟然会希望暴风雨赶快停歇。现状和通常情况正相反，真有意思……）

通常情况下，连续杀人犯为了目标长时间地封闭在自己所处的空间，会希望暴风雨持续得更久一些。

可是自己希望暴风雨可以停下来。

和通常情况的因果刚好相反。

所以才会说“真有意思”——现在可不是考虑这些的时候。要是再这样拖下去，状况反而会逐渐恶化。

X紧绷起全身的神经。

接着，把手中的小刀握得更紧了。

从刚才开始，在阴暗迷宫的一楼，X就偷偷地跟在另一个人的身后。

现在，那个人为了打开房门而停止了动作。

好机会！

X一口气地缩短了两人之间的距离。眼前的人回过头来的时候，一切都已经晚了。X紧握着小刀猛地向前方捅去。

下一刹那，X的手受到了强烈的冲击，手中的小刀滑落。

X心想：怎么回事?!

接着回过头。

出现在眼前的是六骑的无人机——芬里尔。

*

飞鹰六骑死死地盯着电脑上的画面。

画面中的人右肩用布紧紧地绑着，右手的衣袖也被切开了。毫无疑问，这家伙就是凶手。

因为信号暂时出现问题，所以画面中人物的脸、衣服的颜色也无法分辨。不过，他依然知道对方的身份。

他的推理过程是这样的……

在芬里尔和该人物接触时，六骑以为对方被自己操控的无人机伤到。当时对方的右手上留下了一道美丽的伤痕。

然而，在芬里尔无意间碰到玲亚的尸体时，在她手臂上留下的却是一道丑陋的伤痕。

同样是无人机的螺旋桨，为什么造成的伤痕却完全不同?

这并非受伤部位的问题。他控制着芬里尔，在玲亚的尸体上实验了很多次。结果，都只出现了丑陋的伤痕。

难道当时以为是自己误伤的那个人身上，那道美丽的伤痕其实并不是螺旋桨留下的？

难道对方只是装出一副被螺旋桨击中的样子，用藏起来的小刀偷偷在自己手上划下了伤痕吗？

会做出这种行为的只有凶手自己。

目的是把六骑打造成穷凶极恶的杀人魔，接着让伤痕和鲜血引起其他人的恐慌，从而分散所有人。

而正是这一行为，成了判断凶手身份的线索。

凶手并非偶然碰到螺旋桨，而是自己用小刀划出的伤痕。如果是这样，那么一定会用惯用手握刀，在自己的非惯用手上留下伤痕。如果凶手接下来还要继续行凶，绝不会让自己的惯用手受伤。

凶手受伤的地方是右手臂。也就是说，凶手是左撇子。

六骑回忆起在停车场的食堂里用餐时的情形。

那个时候，探险部的七位成员占据了一整条长桌子。

六骑坐在桌子的短边前。

六骑左手的长边，以他为起点，分别坐着零、玲亚和猪知郎。

右手的长边则坐着透、足彦和林檎。

在这种情况下，足彦和林檎拿着筷子的手不小心撞到了一起。这也就意味着足彦是右撇子，而林檎则是左撇子。

在那之后，猪知郎提出要和林檎换位置。猪知郎的座位在左边，所以林檎一旦坐过去，她的左手边就没人了。

相对地，如果猪知郎是左撇子，那么他的左手很可能会碰到足彦的右手，所以互换位置就没有意义了。由此可知，猪知郎是右撇子。

在活着的三个成员里面，只有林檎是左撇子。因此，她就是凶手。

信号终于有所改善。画面上出现了对方的脸，还有身上穿着的紫色衣服。

果然凶手就是降续林檎。

她就是残忍地杀害了探险部成员的凶手。

*

小樽猪知郎一边向着墙壁后退，一边看向刚才想要袭击自己的林檎。

“林檎……原来你才是杀害他们的凶手……”

“你错了，”她否认道，“是无人机想要袭击你。我刚才只是想救你。”

“别骗人了！我看得一清二楚！你拿着小刀准备刺向我！是六骑的无人机把我救了！”

无人机静静地在一旁，猪知郎和林檎互相盯着对方。

一声惊叫打破了两人的胶着状态。

“大事不好了！”

足彦从远处的走廊朝二人走来。他指向自己来时的方向，有些惊慌地说道：

“玲亚前辈死在那个房间里了……”

“玲亚前辈她死了?!”

猪知郎也震惊道。接着，他再次瞪向林檎。

“玲亚前辈也是你杀的吧?”

“是林檎干的吗?!”足彦不可置信地叫道，“究竟是怎么回事!”

“怎么回事？林檎她刚才想要杀我！是六骑的无人机救了我。凶手不是六骑，是她!”

足彦看向了林檎。

“是这样吗，林檎同学?”

林檎沉默片刻，开口说道：

“……你们应该没忘记吧？能将透前辈的尸体关在密室，还有在零前辈被害时没有不在场证明的只有六骑同学。”

猪知郎一时语塞。的确，事实正如她所说。凶手果然还是六骑吗?

“……怎么可能啊！要是这样的话，你刚才为什么要袭击……我……”

像被人突然掐住了脖子一般，猪知郎的怒吼声戛然而止。

（必须要那个东西，那个……）

就在他想着某件东西的时候，它的名字却突然从足彦的口中蹦了出来。看样子，凶手从玲亚的尸体上拿走了那件东西。猪知郎咽了咽口水。

足彦继续追问林檎：

“林檎同学，你杀害玲亚同学的目的是抢夺那个东西，对吧？如果是这样，你应该只是杀害了玲亚同学，和之前两起事件没有关系。至于之前两起事件的凶手，有可能还是六骑。被困在本馆里的你应该只是为了生存才……”

足彦还没有说完，猪知郎已经用尽全身的力气抓住了林檎。

“是你从玲亚前辈那里拿到了那个东西吧？快说！那东西在什么地方！把它给我！”

林檎的尖叫声意外的高亢，她拼命地抵抗着。

“你……你冷静一点，猪知郎！现在不是搞内讧的时候……”

足彦语无伦次地劝说道。

“这家伙有可能是犯人！怎么能跟她友好相处得下去！”

猪知郎激动地说道。其间，林檎的尖叫声依然不绝于耳。他们的精神和肉体快到达极限了……

就在这时……

哐啷……

一阵声音响起。

哐啷！哐啷！声音还在不断地重复着。

三个人停止了争吵，一同看向了声音传来的方向。是无人机在走廊上不停地撞击着窗户。

窗户……

窗户外面。

外面几乎恢复了平静。虽然还能依稀地感受到气流的起伏，但卷起木片和石块的龙卷风已经消失了。一片平静祥和的世界。

猪知郎和足彦来到了窗边。

“暴风雨好像小了许多……”

“也就是说，我们现在可以逃出去了？”

“可如果天气又变坏……像我们在过桥的时候……”

“不行！不现在逃出去的话……说不定就没有下次机会了！”

猪知郎极力劝说着。终于，足彦也下定决心出发。

“好，那就走吧！林檎同学，刚才跟你说的事情之后再……”

二人回过头去，看向了林檎所在的地方。然而，她的身影早已消失不见了。

他们有些不可思议地环视四周，发现她已经沿着走廊前进了相当长一段距离了。她似乎是一注意到外面的暴风雨变小了，就立刻决定要逃出去。他们慌忙地跟在了她的身后。

遗憾的是，他们已经没有精力把同伴的尸体搬走或收集起来了。

刚才不停地追逐众人的无人机，此时也没有跟在后面。仿佛它的使命已经完成了一般。

使命……

刚才无人机是想告诉大家，暴风雨已经减弱了吧？猪知郎默默地想着。这么说来，八骑果然还是站在他们这边的。

可是现在已经没有空去考虑这些了。他们一心想着逃出这个鬼地方。

从黑暗的迷宫中离开……

从入口处离开……

从本馆离开……

穿过城门……

小心翼翼地爬过了彩虹桥……

沿着斜坡拾级而上……

……

……

终于浮出水面。

三人来到位于湖畔的开阔地带，脱下呼吸装置的头盔型面罩，取下背上的空气罐，接着便贪婪地做着深呼吸。能再次呼吸到新鲜空气的感觉真好——就在他们庆幸自己的生存时，大量的水再次灌入他们的口中。

三人再次陷入混乱。刚从水下出来，怎么又是水？

冷静下来后，他们发现也不过如此——是天上的雨。暴风雨的势头依然猛烈。

但是，从瓦尔哈拉到原希望川东岸的湖底，刚才一直在肆虐的乱流为什么会突然平静下来呢？正因为乱流消失，才让众人误以为外面的暴风雨减弱了。

不过，对现在的三人来说，这些都不再是问题！他们都在想着同一件事。

陆地上真是太棒了！

人类果然是陆生动物啊！

“总之……先回面包车吧。”

足彦提议道。三人摇摇晃晃地站起身来，把潜水设备丢在原地，沿着通往国道的岔路前进。穿过森林后，面包车出现在众人的眼前。

六骑正贴着车窗向着岔路的方向紧张地眺望着。看见三人后，他的眼神闪烁着喜悦的光芒。

回到面包车后，六骑热情地招呼着他们。他仿佛换了个人似的，语气变得柔和了很多。

“你们没事真的太好了。”

“不知道为什么，水流突然减缓了……”猪知郎有些疑惑地开口说道。

六骑耐心地解释了起来：

“想必大家也知道吧，瓦尔哈拉所在的明日台地的南边，就是水坝的排水口……”

*

水坝。

这个词让兵务足彦回想起了三豆村的历史。

二十五年前，三豆村的下游计划要建设水坝——也就是说，整个三豆村都要被水淹没。当时的村民开展了激烈的反对运动，计划受挫，就这么一直拖了下来。

然而，在国府乘土就任国土交通大臣后，这种情况就立刻发生了改变。乘土推进水坝建设计划的手段，在地位高的人眼中是富有才能，在地位低的人眼中就是蛮横——总之，他巧妙地用软硬兼施的方式，让村民内部产生分裂，把反对运动逼到了悬崖边上。

就在乘土推进水坝建造计划期间，御出院在三豆村西南角的明日台地上建造了瓦尔哈拉。准备把瓦尔哈拉当作自己住所的他，理所当然地参加了村民的反对运动。虽然村民并不了解他的末日情结，但他雄厚的资产为反对运动做出了极大的贡献。村民们也把他当成救世主一般敬仰。

然而这一状态并没能持续多久。三豆村的村民很快便得到御出院病故的消息。失去了主要经济来源的反对运动顿时如土崩瓦解，水坝的建设计划也顺利实施。所以，透的母亲在听闻御出院的死讯后露出失望的表情也是因为这个。

国府乘土为村民选择的新家园位于水坝往南数千米的土地上。因为居住范围并没有很大变化，所以村民还称赞过乘土，说这种方法不会破坏三豆村至今为止的生活基础和生活圈。实际上，新家园的建成不仅花了很长时间，而且分开销售的土地价格变得更高。结果，不断地有村民选择搬离这里。最后，这片继承了三豆村之名的新家园中，只有兵务家和荒井家等少数农家还没有搬走。村子也陷入了人口流失过度的窘境。因为这个，三豆村的居民都十分厌恶乘土，认为是他欺骗了自己。

然而，在另一方面，不得不承认，乘土的确是个手腕高明的人。在他的推动下，三豆水坝仅在短短五年之内就竣工了——这在全日本范围内也极为罕见。而水坝的水库正式开始蓄水，则是在八年前。

足彦、透和三豆村的孩子们去瓦尔哈拉捉迷藏的那天，正好是水坝蓄水的日子。过了那天，瓦尔哈拉就将沉入水底。所以足彦他们才要趁着最后的机会，去瓦尔哈拉痛快地玩一次。足彦他们趁着大人们不注意，偷偷地翻过工地的围栏，进入了瓦尔哈拉。他们玩得十分尽兴。

然而，不知何时透不见了，这让大伙有点慌张。在本馆内寻找透的时候，之所以一直看手表，是因为蓄水很快就要开始了。

最后，他们还是成功地找到了透，在蓄水仪式开始之前成功离开了瓦尔哈拉。因为赶着回家，而且瓦尔哈拉反正都要沉入水底了，所以他们故意没有关上城门。当然，他们去瓦尔哈拉的事情也没被大人们发现。

水坝堵住了希望川的水流。三豆村、彩虹桥、明日台地、瓦尔哈拉……都沉入了水底。足彦至今也无法忘怀，自己的故乡沉入水底的光景。这段记忆已经深深地铭刻在他们的心中。

接着，时光飞逝……

一年前，足彦和透遇到了乘土的女儿，玲亚。

玲亚之所以向足彦和透施以恩惠，是因为自己父亲对三豆村做过的事情让她怀有负罪感。经常把“noblesse oblige”挂在嘴边，应该是害怕自己是乘土女儿的事情一旦暴露，她会被足彦和透厌恶吧。

然而足彦经过跟踪监视，已经发现她就是乘土的女儿的事实了。足彦为了和她处于对等的立场，想要让对方停止 noblesse

oblige的行为。这一切也许都是足彦的自卑心理作祟吧。只不过，他确实对玲亚抱有好感。

包括原本就喜欢户外活动的猪知郎在内，探险部成员都是潜水的好手。于是，足彦便计划带着玲亚去到沉入湖底的三豆村。当然，村子的位置太深，实在不方便过去。但明日台地上的瓦尔哈拉刚好位于比最低水位稍高的位置。从水面上就看得到整体的轮廓，刚好可以潜水到达。当然，作为模仿北欧神话故事的建筑，瓦尔哈拉本身也具有探险的价值。

因为这并非直接劝说玲亚的方法，所以透无法理解。然而，对足彦来说，临场感反倒是最关键的。他和透都已经没什么印象，玲亚更是从来没去过。也许在看到沉入水中的瓦尔哈拉后，足彦能够想到更好的表达方式，也许玲亚也能更容易接受自己的建议。

正因为这些，足彦把目标定在了瓦尔哈拉。

因为时值盛夏，所以无须担心水库的水温。当足彦对骨折的六骑提出延期探险时，六骑所说的“太冷的话肯定也不行吧”，指的就是当时的水温。

和四万川水坝的奥四万湖①一样，因为湖水呈酸性，鱼类和藻类无法在里面生存。湖水呈钴蓝色，一眼看得到底。因此，即使在水中，视野也很开阔。

即便如此，水库里的水也算不上干净。所以探险部此行并不打算用内部浸水的普通潜水服，而采用了可以隔绝水的干式潜水

---

① 奥四万湖，位于群马县吾妻郡，水源来自三国山脉。

服。为了方便在水中辨认彼此身份，大家的潜水服颜色都不同。比方说，零的潜水服是黑色，他直接把潜水服套在了自己白色的半袖带领运动衫外面。除此之外，猪知郎的潜水服是黄色、林檎的是紫色、足彦的是绿色——大部分都是在水中比较显眼的颜色。

猪知郎使用的数码相机，也是可以在水中拍摄的防水相机。

为了这次潜水，玲亚准备了被称为“全封闭式循环呼吸器”的新型呼吸装置。正如其名，装置中含有呼吸循环系统，将呼出气体中的二氧化碳循环再利用，以便再次供潜水者呼吸。其水下呼吸时间可以维持大约五个小时。

众人在水中对话，也使用了最新的超声波对讲机。通过操作按键，可以实现从全员通话到特定个人通话的切换。和在陆地上通话时一样，如果通话双方距离过远、有遮蔽物，或通话双方没有面对面，通话质量就会变差。也正因为如此，捉迷藏和之后被芬里尔追赶而四散逃离的成员们，几乎不可能通过对讲机互相联系。

此外，因为六骑的无人机无法接收声音信号，所以众人决定在水中使用笔记本和铅笔进行笔谈。笔记本的纸张是防水的材质，不过铅笔就只是普通的铅笔而已。对于铅笔在水里也能使用这一点，足彦有些惊讶。

然而，更令人吃惊的事情还在后面。

虽然海拉只是架普通的无人机，但与大家一同进入瓦尔哈拉的两架无人机“芬里尔”和“耶梦加得”，是最先进的水空两用无人机。六骑在面包车中控制无人机起飞，跟着众人下水，在瓦尔哈拉中探险。操纵无人机靠的是无线电信号。因为信号难以在水中传播，原本水下专用的无人机大多数都是有线的。不过随着科技的发展，最近在浅水区域中也可以使用无线操控的无人机也变多了。而且，相比海水，淡水区域中无线电信号更容易传播，这也是无人机能够在水下自由行动的原因。不过，即便如此，在无人机进入本馆深处时，因为信号较难传播，操控性和拍摄画面都会变差。

当听说六骑这次要使用水空两用无人机的时候，足彦有些惊讶地问他：

“无人机不是遥控飞机吗？怎么能在水下航行？”

六骑如此解释：

“无人机原本的定义是‘自动操作型或远程操纵型的无人机’，而并非大众所认知的航空飞行器。所以说，水下无人机也在无人机的范畴之内。”

足彦恍然大悟。

正是在最先进的科学技术的驱动下，足彦和其他成员才能进行这次水下探险。

具体的计划是：他们在森林岔路前方的开阔地带穿上干式潜水服，顺着台阶潜入湖底——也就是原希望川东岸的位置。

虽然潜水在一般情况下都靠游泳，但楼梯和明日台地之间隔着原先的希望川，一旦不小心沉下去就会有危险。因此，为了防止出现意外，所有人都是从彩虹桥上走过去的。再后来，由于暴风雨，水流开始肆虐起来，甚至形成了水下的龙卷风。有被卷入水坝底部的危险。因此，馆外的水下是不能靠游泳行动的。

而正是因为明日台地侧面是险峻的悬崖，整个台地如同一张桌子，所以周围是极深的水域。地理位置极其特殊。虽然想游过这块区域，但北面和西面都是悬崖，南面又有水坝阻拦。因此，能够逃离瓦尔哈拉的方法就只有通过东面的彩虹桥。

经过惊心动魄的求生后，现在的足彦心中只有一个念头……

这辈子再也不潜水了。

*

飞鹰六骑解释着水流稳定下来的原因。

“想必大家也都知道，瓦尔哈拉所在的明日台地的南侧，就有水坝的排水口。一般情况下，瓦尔哈拉周边的水流是十分平缓的。但因为暴风雨，水库中的水量急速上升。虽然有水坝闸门调节流量，但水位依然在不断增加，因此，瓦尔哈拉周边的水流才会突然加速。反过来说，如果把闸门完全关闭，水流就会减缓很多。唯一的问题是，三豆水坝是无人水坝，工作人员远程监视水位，操纵阀门的开关。”

也正因为如此，六骑一行人才能如此轻易地进入这片水库。

“值得庆幸的是，水坝上一般会设置多个监视摄像头，以便随时监视河川的水位情况。因为我们此次探险是非法入侵，所以我事先了解了三豆水坝的详细情况。也因此我才能得知那些监视摄像头的大体位置，以及每十分钟更新一次监视画面的设定。

“车内还放着多余的防水笔记本，我就随手撕下一张纸，在上面写下了：水下的馆里有遇难的潜水员，请在水位安全的前提下关闭排水口的闸门。简要地描述了现在的情况。然后我把纸贴在海拉身上，控制它飞到监视摄像头的前面。因为水库的水量增加，所以水坝的工作人员应该随时通过摄像头监视着水位的情况——我也只能在心里这么祈祷。因为监视画面在网络上公开，最坏的情况下，也可能会有一般民众看到我的求救信，接着打电话报警。

“万幸，水坝的工作人员很快就发现了我的求救信。我用芬里尔确认水流减缓后，就控制着它撞击窗户，提醒你们离开。”

如果原先的三豆村没有被水淹没，六骑肯定毫不犹豫地控制着海拉前往三豆村求救。然而，现在的新三豆村搬到了水坝往南数千米的地方。这么远的距离，一定超过了无人机的信号接收范围。

所以自己才尝试着爬过去求救。六骑回忆起当时的情景。

（右手边，探险部成员们走过的岔路处，一群野生的老鼠窜了出来）

在那之前，面包车并非在左边的岔路转弯，而是径直地开了过去才停下。也就是说，六骑爬行的方向与他们来时的方向相反——面包车是沿着国道北上，而六骑则是沿着国道南下。

从山体塌方的时候也能分辨出具体的方向。

（从左手边山体斜面上掉落的土石仿佛巨人的呕吐物，把面前的国道完全堵上了……）

国道位于希望川（水坝的下游是现在的新希望川）的东岸。

而希望川的流向是自北向南的。左手边的山体斜面——也就意味着六骑正沿着国道南下。

如果三豆村没有被水淹没，六骑应该选择的是北上的道路。因为明日台地位于原三豆村的最南端，而他们的面包车也停在那里。正因为如今的三豆村已经搬到了水坝南方，所以六骑才要顺着国道南下。

“无论如何，你们能顺利逃跑就好。救援队应该很快就会赶来。”

“多亏了你，谢谢……”足彦道谢后，有些支支吾吾地说，“但是，瓦尔哈拉里发生的事件……”

“嗯，我用无人机看到了。”

“你……和事件没关系吗？”

“怎么现在还说这种话，足彦前辈！”猪知郎有些激动地说道，“是六骑同学救了我们啊！如果他是凶手，不可能多此一举吧！我被林檎袭击的时候，也是被他给救了。杀害他们三个的凶手肯定是林檎！”

林檎嘴角露出了冷笑。

“正如我刚才所说，能锁上津利的正门、有时间杀害零前辈的人只有六骑同学……”

“不对！”六骑打断了她的话。

林檎扬起眉毛。

“那你倒是说说看，我哪里说得不对了？”

“首先，在第一起事件里，你使用了某种方法，让金属门无法从外部打开。”

“某种方法？”

“水下压差。”

六骑敏锐地捕捉到林檎一瞬间有些不自然的表情。他继续解释道：

“水压和水深成正比。不知大家有没有注意，比起二楼的窗户，一楼的窗户破损情况要更加严重。”

在六骑用芬里尔观察本馆外观的时候，他就注意到了这一点。

“好像确实是这样哦！”足彦回忆着，“一楼的窗户位于更深的位置。在长时间的水压影响下，一楼的窗户破损情况才会比二楼更严重对吧？”

“没错。同样的道理，在金属门被关闭的一瞬间，外侧和内侧产生了水下压差。”

“产生了水下压差？怎么回事？”

“津利外侧的水深，是从水库的水面到明日台地地表的距离。内侧的水深，是从前室的天花板到前室地板的距离。因此，外侧压力远比内侧压力大，向外打开的金属门在打开时会受到极强的阻力。所以我们才会以为有人在里面锁上了门。”

“原来是这样啊！”

足彦一副恍然大悟的样子。不过，一旁的猪知郎却提出了疑问：

“请等一下！按照你的理论，本馆的门应该也打不开呀？可是我们在开关门的时候并没有受到过什么阻力。”

六骑回答道：

“本馆在本质上是房屋，所以会通过门窗和外界连通。而且馆内也被水淹没，所以才不会产生内外的压差。但是津利不同，那是全封闭式的核避难所，所以才会产生水下压差。”

“原来是这样啊！但我们被困在瓦尔哈拉的时候，竟然没人想到这种可能性……”

猪知郎有些懊悔。

“这不能怪你们。毕竟本馆的房门是可以正常开关的，所以你们没注意水下压差也在所难免。”

六骑安慰猪知郎后，再度转向林檎：

“也就是说，你趁着耶梦加得在前室查看透的尸体时，从外面关上了门。仅此而已。你只要关上门，密室就自动形成了。”

林檎平静地辩解道：

“哼……的确，只要利用水下压差，我也有可能制造密室。但是第二起事件又该怎么解释呢？从零前辈出去求援到发现他的尸体，我一直都和其他人在一起。”

“很简单。因为零并不是被你杀害的。”

“不是我？那你倒是说说看凶手是谁？不会要坦白是你自己做的吧？”

“当然不是。那根本就不是杀人事件。零是意外身亡。”

“意外？！”

猪知郎愕然道。

“什么样的意外能让他被分尸啊？”

足彦也提出疑问。

“散落着零的尸体碎块的地方是走廊的南侧，从南侧走到外面的话，正对面就是嵌在墙上、张着血盆大口的芬里尔雕像。我原本想操纵无人机，去雕像处查探情况，但是无人机却始终无法接近雕像。无人机在水中无法前进的原因只有一个——那就是有一股和前进方向相反的水流。所以我认为，芬里尔雕像的大嘴应该是排水口之类的地方。”

“排水口……也就是说，城墙的内部有水流通过吗？”

“我是这么认为的。如果有排水口，那么一定会有一个与之连通的入水口。那时，我突然想到，城墙上还有另一处入口。”

“另一处入口？”

“呈现波浪形，围绕在城墙外面的耶梦加得雕像。”

“啊！”

“耶梦加得雕像的嘴巴在城墙东南角的最顶端，朝向北方。从北方的上游流向南方水坝的水流刚好能够流入雕像的嘴巴里面。流入雕像嘴巴里的水流顺着耶梦加得的身体，从接近地面的芬里尔雕像的嘴巴里排出。虽然排水口也是朝向北方，但前方有本馆作为遮蔽物，因此不必担心自北向南的水流流入排水口，产生逆流。整体的构造应该是这样吧。”

“为什么会造这种东西……”

“大概是为了水力发电吧。”

“水力发电？！”

“建造这样一条流水通道应该是为了让隐藏在耶梦加得雕像内

的螺旋桨转动吧？螺旋桨的作用类似于水车，在水流产生的动能和高低差产生的势能的双重作用下，应该能够产生足够的电力。而正是耶梦加得雕像内的螺旋桨，才导致了零的死亡。”

“什么意思？”

“我最后看到零的时候，他正趴在周围没有任何遮蔽物的彩虹桥上。如果我的假设正确，他可能在往前爬的时候被一股巨大的水流卷起，被耶梦加得‘吞’进了嘴里。他瞬间就被高速旋转的螺旋桨切碎了……之后又被芬里尔‘吐’了出来，一部分碎块顺着水流流到了本馆的南侧走廊里。所以，这是个不幸的事故。林檎和零的死没有任何关系。因此，她才有不在场证明。”

就算是事故，但未免也太过凄惨——足彦一时间不知道该说些什么。

猪知郎提出了另一个疑问：

“水力发电……为什么？为什么要在耶梦加得雕像的内部安装发电装置呢？”

“为了保证津利即使在水里也能正常运转。”

“什么？！”

“因为御出院在津利里面生活。即使是现在。”

“啊？啊？啊？！”

猪知郎一副丈二和尚摸不着头脑的样子。这不能怪他。就连六骑自己，在刚刚想到这种可能性的时候也不敢相信。

“御出院不是病逝了吗？”

“他只是把自己病逝的假消息告诉了村民而已。实际上，他一直潜伏在水下的瓦尔哈拉里面。”

“可是……距离水库蓄水到现在已经过去八年了啊！人类怎么可能在没有空气的津利里面生活八年呢……而且，他在里面生活的动机是什么？”

“接下来的内容有一部分是我的猜测……为了在诸神黄昏中存活，御出院氏需要忠实地再现北欧神话里的内容。大家都知道，在瓦尔哈拉的理念里，三豆村是人界（米德加尔特）而明日台地是神界（阿斯加德）。不仅是地名相似[①]，最重要的是，他需要完美再现诸神黄昏之后的情形——诸神黄昏之后，沉入水中的陆地会重新浮出水面。在残破不堪的大地上，只有阿斯加德神域里的津利会残存下来。正因为如此，他才选择了正在推动水坝建造计划的三豆村作为舞台。

“为了能够在水下世界长时间地生活，想必津利里面也做成了潜水艇类似的构造吧。在内室和前室里储备了大量食物。饮用水可以直接取湖水过滤即可。氧气由水库的湖水电解生成。大概就是这样吧。”

“所以才要使用水力发电……”

足彦喃喃开口。

“没错。御出院准备一直潜伏在津利中，直到诸神黄昏结束。即使核战争爆发，津利的内部拥有核避难所和水库的双重屏障，不必担心被波及。在那之后，核冬天便会来临。根据御出院的说

① 三豆村和米德加尔特的读音相似，明日台地和阿斯加德的读音相似。

法，致命的核尘埃遮天蔽日，气温骤降，地球的蒸发和散热现象急剧减少，每年的降雨量也会减少百分之九左右。‘降水量减少百分之九’听起来虽然不是什么大问题，但如果长年持续下去呢？”

“整个世界就会陷入供水不足的困境。”

猪知郎回答道。

“没错。但其中最重要的是，由于降水量减少，水库的水位会逐年下降。接着，当战争完全结束，世间万物陷入死寂的时候，水库的水位终于下降到津利的入口处，御出院也能够重新走出黄金宫殿。他之所以要在地上建造核避难所而非地下，一方面是为了还原神话故事里津利的情形，另一方面则是为了在水位下降的时候，自己能够顺利出去。如果避难所建在地下的话，即使水位消退，到时候入口处也会被水堵住，没法从里面出去。”

“浮出水面的大地，复活的黄金宫殿……简直就是神话的再现。”

足彦感叹道。

六骑点点头：

“想在诸神黄昏中活下去，就只有这种方法——御出院一定是这么考虑的。所以，他在刚移居至瓦尔哈拉的时候，表面上加入了村民们组织的反对运动，而且提供了资金的支持——如果不这么做，作为一名选择这里作为居住地的资本家，行为态度实在不太自然。但实际上，他本人是十分赞成水库建成的。说不定，他在背地里还给国府乘土提供过资金援助。”

“很有可能。国府乘土能如此迅速地推动水坝建设计划的进行，其中恐怕就有那笔资金的功劳。”

“不过，这些都只是我的猜测。当然，即使在背地里给乘土送钱，自己在水中生活的秘密也不可能告诉对方。”

在水坝建设正式启动后，御出院便伪装自己病逝，实则藏身在瓦尔哈拉。水坝在五年后完成，接着，终于到了蓄水的日子。御出院在不被施工人员注意的情况下，偷偷地进入了津利。

“等一下！那天，和透他们在瓦尔哈拉捉迷藏的时候，我在本馆里看到了御出院！当时的我还以为是他的幽灵来着……难道那真的是御出院本人吗？”

“没想到御出院在那天竟然曾经离开过津利……他可能是去本馆最后一次查看自己的收藏品吧。毕竟自己马上就要在津利隐居，而这一住不知道要多少年。而且这么一来，就说得通了。”

“说得通？”

“透不是说过吗？自己在津利前室的瓦楞纸箱后面躲藏。透能够进入前室，是因为御出院从里面打开了门锁，去了本馆吧？”

“原来是这样啊！”

“接着，御出院就从本馆回到了津利。他在通过前室的时候，并没有注意到躲藏在那儿的透，而是径直走进了内室，开始了隐居生活。”

“对了！透曾经说过，自己在躲藏的时候，好像谁来搜索过……原来那是御出院啊！”

“应该吧。而透因为没有被人发现，所以离开了津利。但是在离开时，他并没有关上金属门。”

六骑在叙述的过程中，突然察觉到某种违和感。

御出院能够回到内室，说明透躲在前室的时候，并没有锁上外面的金属大门。另一方面，御出院回到津利后，因为即将开始蓄水，他一定会把外面的金属大门锁上。因此，在透离开津利的时候，必须转动门上的方向盘，把门锁打开——在自己进来的时候明明没上锁，为什么出去的时候上了锁——透为什么没有对这件事产生怀疑呢？

不过，考虑到当时的他还是小孩子，可能并没有在意吧。虽说是小孩子，可也十二岁了，但毕竟还是心智没成熟的孩子……在半信半疑之下，六骑继续说起自己的推理：

“总之，透在无意间破坏了御出院的计划。因为金属门没关上，在蓄水后，前室也灌满了水。当然，前室和内室之间有另一扇金属门挡着，所以是安全的。但堆积在前室里的食物可就遭殃了。”

“这样说的话，那御出院不是早就饿死了吗？”

猪知郎问道。

“不，如果御出院氏真的饿死了，林檎就不会特意把透的尸体关在前室了。”

“咦？这话是什么意思？”

“林檎应该和御出院相识，所以才会想把濒临饿死的他从内室里救出来。”

林檎一言不发。相反，猪知郎提出了自己的疑问：

“她认识御出院氏……你又是怎么知道的呢？”

“我一直觉得不可思议……这么说可能有些不礼貌，看起来对他人没有一丝兴趣的林檎为什么想加入探险部呢？猪知郎你可能并不清楚，但是她加入探险部的过程很奇怪。对吧，足彦？”

“啊，对啊！今年四月份，我和透还在学生食堂里抱怨‘我们社团好像还没有任何新人加入吧’的时候，坐在旁边的林檎同学突然举手站起来说自己‘愿意加入’。”

“咦？第一次见面就……”

猪知郎有些震惊。足彦也有些惊讶地回答道：

“是啊！所以我才感觉不可思议。问她理由，她也只回答‘没什么理由，就是想加入了’。”

“在她提议加入之前，你和透聊到了‘要去瓦尔哈拉探险’相关的话题对吧？”

听了六骑的问题，足彦点点头。

“我记得好像是这样。”

六骑接着解释起来：

“听了你描述当时的情况，再结合今天发生的一切，我突然有了一个假设。林檎应该原先就认识御出院，她加入探险部仅仅是为了和我们一起参加这次探险。

“我们说回事件吧。

“据我猜想，津利的内室中应该也储备了相当多的食物。大概刚好够一个人食用八年左右吧。所以，现在御出院应该还活着——但是情况不容乐观。因此林檎很着急。

“林檎意识到这个情况，应该是今天众人到达津利门前的时候。如果更早之前就得知这个消息，她根本不会悠闲地和大家一起参加潜水探险活动。看见正门打开的时候，她应该十分震惊吧？在那之后，又听足彦和透说了他们捉迷藏的事情。她意识到，造成这一切的罪魁祸首是透。

"她怒不可遏，趁着众人捉迷藏的时候，用自己的潜水小刀杀害了透。然而，这样一来，所有人中没有小刀的人就只剩自己。因此，她在行凶后夺走了对方的小刀。

"接着，如同我之前说的那样，她利用压差制造了密室。她是在行凶前还是行凶后察觉到这种方法我尚未得知。总之，她把尸体和耶梦加得一起关在了前室里。"

"她为什么要这么做？"

足彦问道。

"警方在搜查杀人事件的时候，一定会对被杀害的尸体进行检查。零和玲亚的尸体并不在津利内部，所以只要派潜水员下去打捞就行了。但是，如果要调查透的尸体，就一定要打开那扇因为压差而紧闭的金属大门。为此，唯一的办法就是让水位下降。因此，林檎她制造水下密室的目的，就是为了让警方开闸泄水。"

"是啊！这样一来就能够救出被关在内室的御出院了！"

六骑点点头，继续说道：

"诸神黄昏明明还没有结束，却强行让水库开闸泄水。这样一来，自己会妨碍御出院的计划。但在这种非常事态下，也是无可奈何的选择。"

"为什么要把无人机也关进去呢？"

“因为我的电脑里留下了无人机和尸体一起被关在前室的录像。万一警方不相信我们所说的话，可以把这个录像作为证物。”

“原来如此……”

“然而，林檎的计划因为某个意料之外的事情而化为泡影。暴风雨。突如其来的暴风雨使得附近的水流变得肆虐，众人被迫在本馆避难。随着时间的流逝，她氧气罐里的氧气也变得越来越少。如果自己死在这里，御出院就无法获救，也得饿死在内室。为了生还，她必须做些什么——所以，为了抢夺对方的氧气罐，她选择杀害其他的成员。”

“太过分了吧！”

“仅仅因为这种理由……”

足彦和猪知郎向林檎投去憎恨的目光，但她依然无动于衷。

“对她来说，目标是谁并无所谓。但作为力气较小的女性，玲亚应该是最容易下手的。然而，在她下手之前，零就自告奋勇地出去求救了。只要零能够喊来救援队，那么所有问题都能够解决。想必她当时也在心中祈祷零的求救行动可以顺利达成吧——然而令她没有想到的是零被卷入了水车的螺旋桨中，意外身亡了。

“迫不得已，她只好恢复原来的杀人计划。她装作被芬里尔袭击的样子，用潜水小刀在自己的右臂留下伤痕。而本就提心吊胆的其他人因为突然的流血事件而陷入恐慌，各自逃走了。之后，她便跟在玲亚的身后将她杀害，抢走了她的氧气罐。当然，玲亚的潜水小刀也被她拿走了。

“虽然有了两个氧气罐，但暴风雨依然没有停歇的迹象。她再次感到不安。于是，她准备在你们两个人的氧气罐彻底用光之前把你们杀害。接下来，她袭击了猪知郎——被我用芬里尔救了下来。以上便是我推理的全部过程。”

不知何时，雨点敲打在车窗的声音消失了。安静的车内突然响起了拍手的声音。是林檎。

“完美！说句老实话，我真的有点小看你了。没想到你能凭一己之力看透御出院大人的伟大计划……短短几个小时不见，没想到你成长了这么多。”

“我已经把神话故事抛弃了……”

“你在说什么？”

“没关系，你不需要明白。”

林檎盯着六骑，像看一个傻子似的。她叹了口气。

“唉，无所谓了。大致过程正如六骑同学你推理的那样。不过，只有一点，你想错了。御出院大人和我并不认识……对我来说，他是唯一的神明。当我迷失方向的时候，他向我展示了世界的真理。这个愚蠢的世界很快将会毁灭，而只有在津利才能够存活。所以我也要早点存够钱，建造属于自己的津利，在里面待到诸神黄昏结束。今天我本来是为了参观御出院大人的津利才来造访这片圣地。可是，透那个蠢货！擅自闯进圣地，在里面玩捉迷藏也就算了，更可恶的是在离开的时候竟然没有关上津利的大门！拜他所赐，御出院大人储存的食物全部泡汤了！不仅如此，他还对自己干的坏事自鸣得意！只有死才能偿还他犯下的过错。所以我第一个就把他给杀了。在那之后，我就想到，把他的尸体关在前室里，用压差制造密室的话，一定可以让警方开闸泄水。这样一来御出院大人也能获救了。然而坏事总是接二连三地来。突然的暴风雨激化了水流，我们只能前往本馆避难。当时我想到的是，如果我就这样因为氧气不足而窒息死亡，御出院大人也会饿死在津利。所以我一定要活下去！我杀害了其中力气最弱的女性——玲亚，把她的氧气罐抢走了。虽然她是无辜的，但毕竟人类有优劣之分。她把自己的氧气罐让给我也是理所当然的。对了，在那之前，零突然勇敢地提出了自己一个人去求援，所以我当时就没动手杀害玲亚……没想到，到头来他还是个不中用的奴才。他被卷入水车的螺旋桨，意外身亡了。我当时还担心水车会不会损坏呢——如果不能正常供电，御出院大人就要死在内室里了。所以我才迫不得已杀害了玲亚，抢走了她的氧气罐。杀死一两个臭鱼烂虾就被警方逮捕，这也太傻了，所以我本来准备隐瞒自己凶手的身份。不过对我会不会被当成凶手，这都不重要……最重要的是让警方把水库里的水给抽走。比起我的性命，御出院大人的性命可要宝贵得多。六骑同学，我愿意认可你的推理，我也愿意称赞你是一位伟大的侦探——作为交换，请你也满足我的愿望！请赶快把我是凶手的消息告诉警察，让他们尽快来这里吧！然后让他们把水库里的水抽光，救下御出院大人！请动作快些！”

林檎把自己的心路历程一气呵成地全部交代出来。

六骑……慢慢地摇了摇头。

林檎双手重重地砸在了汽车座位上。她尖叫起来：

“为什么?！为什么你不愿意听我的话?！”

“就算我是名侦探，也不能把塌方的山体给恢复吧……现在我们能做的只有等待了。”

六骑悠悠地看着窗外。

“看，外面天气转晴了。救援队应该也会马上到来吧……”

*

在开头的挑战书中，我曾经说过“在本书中，有一个使用最先进的科学技术——无人机完成的诡计”。

事实上，那句话的并不是指“怎样使用无人机来制造密室”或“怎样使用无人机来切碎人体”这类物理诡计。

而是让读者先入为主地认为无人机在空中飞行，实际上故事发生在水下的“叙述性诡计”。这才是挑战书的正确答案。

*

林檎的愿望成真了。警方开闸放水，瓦尔哈拉终于重见天日。当然，其中也有国府乘土在背后帮助。爱女心切的他亲自和水库的负责人进行交涉，最后放水计划也顺利通过了。

当天，聚集在湖畔的除了水库负责方、警方搜查人员，六骑、足彦、猪知郎和林檎也来到了现场。当然，探险部的众人被请到现场是为了确认现场的情况。其中，因为林檎已被逮捕，所以一直被关在警车里。没办法见到其他三人。接着，在保镖的陪同下，国府乘土也出现在众人的面前。

当瓦尔哈拉刚刚出现在水面，乘土就已经不顾警察的阻拦，朝着本馆狂奔而去。

“玲亚！”

然而，在奔跑中，他不小心踩进了泥坑，狠狠地摔了一跤。刑警和保镖纷纷赶上前去，然而他还是挣扎着往前爬去。

“玲……亚……”

看着乘土浑身泥土的背影，小樽猪知郎鼓起勇气，对身边的兵务足彦说道：

“足彦前辈……”

“嗯？”

“其实我……因为某件事情恨透了国府乘土。为了复仇，我甚至想过利用玲亚前辈。具体点来说，就是趁着她换上潜水服准备下水之前，偷偷拍下照片，然后卖给周刊杂志或者在网上宣传。内阁官房长官的女儿，竟然在与自己父亲有关、而且是禁止进入的水库里游玩——对他来说应该是个严重的丑闻吧。不过，我在偷拍的时候被零前辈发现。他逼着我把照片全部删了……”

“没想到还发生过这种事。”

“是的。但是现在的乘土让我觉得……过去一心复仇的自己真是太蠢了……”

片刻之后，足彦也开口说道：

“其实我也是因为其他的理由，固执地想要带玲亚来到这里。现在想来，真是没有任何意义……为什么那时候我非得这么做呢？也许，我们都轻信了神话故事吧……”

“神话故事？”

“是呀，只有那种发霉的书本里才会出现这种故事……”

另一边，飞鹰六骑和刑警一同前往了津利。为六骑推轮椅的是他当初在参加警察学校面试时的实战对手——骏户刑警。

“没想到啊……那时候的小不点竟然真的成了了不起的侦探。”

“不，我没资格让您这么称赞。我眼睁睁地看着三名同伴死去……”

“但是！你救下了剩下的三名同伴。这才是最重要的。水库的工作人员在监视器的画面里看到你的求救信后，之所以立刻就相信了你，也是因为那封求救信最后写着‘无人机侦探’——那位电视上有名的无人机侦探，是你的名气和果断拯救了他们三个人。”

六骑有些羞涩地低下了头。

下一瞬间，骏户刑警的拳头却落在了自己头上。

“不过，擅自去水库潜水这种危险的行为，我可不能当作没看见！你们几个也要认真反思自己的行为，好好地反省！”

“明白了……”

被嫌疑犯攻击的时候明明比这下痛多了，但为什么自己会流泪呢？

“一……二！”

几名刑警一起，用力地打开了津利的正门。整个前室的水一股脑地流了出来。透的尸体、耶梦加得，还有几袋压缩食品都落在了地面上。看着同伴的尸体，六骑默默地为其祈祷。

六骑他们顺着被水浸湿的前室前进，来到了第二道金属门的前面。

“根据嫌疑犯的证词，御出院就在这里面。”

一名刑警握住了门把手，轻松地向外打开了第二道门。

“奇怪……”

六骑喃喃说道。

“怎么了？”

骏户循声问道。

“之前那次来的时候，这扇门是打不开的。所以我才会认为御出院就藏在这里面。但为什么现在这么容易就打开了呢？”

有种不好的预感。六骑进入了内室。

内室里还有好几个房间，作为避难所，规模算很豪华了。刑警分头检查了所有房间。结果令人绝望。

骏户刑警揪着头发，脸上阴云密布。

“唔……该怎么跟嫌疑犯交代呢？”

“能不能尽量别告诉她？”六骑用微弱的声音问道，“如果她知道……”

“很遗憾，不行。必须告诉她。”

在一间卧室风格的房间内，摆着奥丁的正妻、弗丽嘉的雕像。本该出现在王座大厅的雕像，在这里找到了。

然而，最为关键的奥丁却不见踪影。

当然，这里指的并不是雕像。

而是瓦尔哈拉的主人、御出院。黄金的宫殿里，到处都不见他的身影。

*

几天以后，在新闻上了解到事件情况的御出院去警局自首了。现在的他看起来完全不古怪，是个再普通不过的老人。骏户刑警对他进行了审讯，御出院交代了当时发生的一切。

“八年前，蓄水的那天。当我走在避难所前室的时候，突然，头顶上装有食物的瓦楞纸箱掉了下来。”

是被透不小心碰掉的纸箱。

“箱子砸到了我的后脑，我立刻就昏了过去。当我再次醒来的时候，身上的诅咒被解开了。在头受到冲击之后，脑袋里好像也起了什么变化。我当时想到，自己说不定要在避难所里生活好几十年，甚至一辈子——对我来说太恐怖了。我头也不回地逃离了瓦尔哈拉，自那以后就再也没接近过三豆村。”

因为发生了这种事情，理所当然的，津利的正门并没有上锁。为什么在御出院躲藏的期间大门上了锁，透却丝毫没有起疑呢？当时六骑察觉到的这种讳和感，通过御出院本人的解释，都说通了。原来门一开始就没有锁上，自己的猜想原本就不是事实。

不仅是正门，连通往内室的门也没有上锁。至于为什么在浅水的时候打不开那道门，原因和密室一样，还是因为水下压差。门内的空间没有水，而门外的空间充满了水。因此，向外开的门会受到阻力。一旦把水放光了，阻力也就消失了。

接着，关于林檎小学时期的邮件，御出院回答道：

“收到她邮件的时候，是九年前。那时的我还相信世界末日论。也许是有人能够理解我而感到高兴吧。而且对方还是个小孩子，难免让我有些放松警惕了。虽然我没有家人，但和她说话总有种和自己孙女说话的错觉，所以我就把自己的计划和盘托出了。我真的没想到会发生这种事……”

降续林檎相信了御出院给她讲述的神话故事，杀害了两个无辜的人。

可是，打从一开始，神话故事压根就不存在。

*

又过了几天。一个秋日的午后。

双腿痊愈的飞鹰六骑正待在自己家——一间小小的公寓里。和他一起居住的母亲刚下夜班，正在熟睡。看着母亲，六骑在心中暗下决心，一定要成为一名有出息的侦探，减轻母亲的负担。

那张偶尔用来当餐桌、偶尔用来当写字台的矮桌子上，整齐地摆放着三件物品。

第一件物品是一张照片。事件当天，在玲亚的提议之下，探险部的七名成员在停车场的一处景致优美的地方拍下的合照。因为身体矮小、为了模仿黑羽刑警导致行事风格古怪——六骑以前经常被人欺凌或疏远。而探险部的成员却愿意包容他。对六骑来说，即便是现在，这些人都是自己不可替代的同伴。

第二件是无人机海拉。因为在大雨之中长时间飞行，机体内部浸了水，彻底损坏了，一动也不动了。已经无法再和它说话了。对六骑来说，这是自己前进的一大步。但还是觉得心里空落落的。六骑并不打算再购入一架相同规格的无人机，有些事留有遗憾也挺好。

第三件是饰演黑羽刑警的演员、春采太阳的签名色纸。自己必须感谢对方。挺身而出拯救自己的并非黑羽刑警，而是演员春采太阳。虽然对当时的自己来说，这张签名色纸如同一张废纸，但是此刻看起来熠熠生辉。六骑拿起签字笔，郑重其事地在下面写上了自己的名字：飞鹰六骑。

没错。我是飞鹰六骑。我是……

就在这时，六骑的手机响了。是骏户刑警的电话。

“有人报警，一个山庄里发生杀人事件。吊桥被烧毁，现在警察赶不过去。你乘着无人机先过去吧！”

“明白！”

六骑取出了大型无人机。为了不吵醒母亲，他蹑手蹑脚地走出了家门。心中默念着……

无人机侦探，出发。